물보라

민음의 시 326

물보라

박지일 시집

민음사

자서(自序)

나 그리고 나를 맴도는

액션과
리액션

2024년 11월

박지일

차 례

하염없이 무엇을 생각합니다

『물보라』를 위한 부록, 일지, 참고 노트, 혹은 함께 이어 볼 이야기

물보라

거울은 너를 상대하지 않는다
까닭에 계속하여 너는 산다
— 모리나가 유우코

네가 쓴 글 또한 너를 유지하는 까닭으로 남을 수 있을까? 주위로 옹벽이 세워지고 사면에 문이 들어선다. 옹벽과 문이 너를 위해 들어선 것인지, 문과 옹벽을 위해 네가 세워진 것인지는 확실치 않다만, 왠지 너는 문을 열게 되지 않을까? 그러니까, 문은 열리게 되지 않을까? 사실 옹벽이나 문은 일종의 장치 같은데, 글쎄… 유효한 것인지는 잘 모르겠어. 들이나 대로 복판이어도 상관없지 않았을까? 너는 어디서도 보이지 않으니까. 아무에게도 상대당하지 못하니까. 문이 등장한 까닭은 대개 가리고 선 그 너머를 네게 보여 주기 위함이고 (아무것도 없음까지 포함하여) 열기 위해 씨름하는 과정에서 네가 느낀 탈력과 굴복의 강도에 비례하여 문은 희열을 얻는다고 하던데. 근데, 네가 너를 작동할 수 있던가? 열거나, 열지 않거나, 선택을 어찌하긴 해야 하는데… 너는 선택하지 못할 것 같고(선택하지 않는 선택까지 포함하여) 네게 너는 주도권이 없는 것 같아. 까닭에 바닥을 헤적이던 뱀들이 네게 모여들고, 뭐든 해. 뭐든 해 보라고! 가청 영역의 목소리들이 너울하며 너를 푹푹 찔러도 너는 가만 있는다. 가만, 뭔가 자꾸 빠져나가는 손을 씁쓸해하는 너를 보니, 또 가만 있던 것만은 아닌 것 같은데… 그렇다면 옹벽이 너를 세워 놓았다 치고, 어떡해야 하는 걸까? 문이 세워 둔 너를 어떻게 써먹어야 하는 걸까? 대책 없어 뒤만 돌아보니 너만을 위해 네가 만든 세 번의 까닭이 눈에 띈다. 다시 뒤돌아 앞을 들여다봐도 마찬가지. 그 까닭 탓에 옹벽과 문과 너를 하나도 해결하지 못하고 쓸모를 여전히 질문하는 너. 짙어진다.

물보라

중단전은 하단전과 상단전 사이에 있다. 내게는 그것이 중요하다. 접시는 벽과 문, 어둠과 빛 사이에 있다. 그것도 내게는 중요하다.

쓴다. 쓰면 중한 것이 생긴다고. (나는 그것을 찢어서 강물에 던진다.)

매일 밤 갑옷을 입은 기사는 옆구리에 투구를 끼고 책과 책 사이에 선다. 자기를 연습하는 것이다. 이런 병동이 나는 즐겁다.

나는 건진다. 얻어 탄 배는 느리게 나아가고, 방사형으로 퍼져 나가는 안개는 후—추—후—추— 반복적으로 속삭이며 노 젓는 뱃사공을 믿을 수 없게 만든다.

방향은 배를 바꾼다. 나는 물이끼를 씹는다. 건진다. 물이끼를 씹었다.

느리다고 쓰면 느리게 나아가는 듯하고, 느리지 않다고 쓰면 느리지 않게 나아가는 듯한 시간.

나는 믿을 수 없다. 방향은 나를 바꾼다. 나의 쓰기와 저 배는 상관없이 간다.

건진다. 나는 무겁다. 나는 불을 물고 있다. 뱃사공은 겨울을 부른다.

휘파람.

푸른 칵테일의 향기. 바텐더는 숨을 몰아쉬며 연기를 노동한다. 대추는 유리잔을 떠다니고, 바를 가득 채운 연기는 후—추—후—추— 반복적으로 숨을 불며 잔을 입에 가져다 대는 나를 믿을 수 없게 만든다.

겨울은 나를 발견하고, 믿지 않을 거야, 아무것도. 나는 생율을 씹는다. 건진다. 살고 있다 나는.

물보라

기요틴은 굴러가는 머리통을 창조한다? ~~너는 머리통에 자라나는 다리를 상상한다~~. 마디는 세 개쯤. 다리와 어울리는 털.

한데 짚신벌레는 다리가 없어도 곧잘 움직이잖아?

(왜 자꾸 반하려 드는 거야, 너는 너를 곧잘 다스려 왔잖아?)

기요틴은 아무것도 절단할 수 없어. 머리통을 위한 주단을 깔아 줄 뿐. 그러니 주단을 깔고, 물보라로 들어가기; 나는 익충도 해충도 아니요, 개복한다.

얼어붙은 저수지가 보인다. 볕이 들자, 저수지는 서서히 녹는다. 너는 너의 혀를 저수지로 끌고 간다. 밀어 넣는다. 저수지는 신음을 상상한다. 너는 녹으면서 즐겁고, 두렵다. 앓는 소리는 두 가지 이상의 물보라로 만들어진다. 안락의자에 몸을 파묻고, 너는 쓴다. 지긋지긋하게도 세상이 좋다고. 그 누구도 얼씬 못할 만큼.

물보라

너는 눈을 뜨고 잔다, 무엇을 잊고자 하는 것은 아니고, 무엇을 기억하고자 하는 것도 아니다; 무엇을 기억하면 무엇은 지워질 수밖에 없고, 무엇을 지우면 무엇이 기억날 수밖에 없다. 억새밭 복판에서 너는 잠든다. 흔들리는 억새가 네 눈에 아른거리나, 꿈도 생시도 네겐 없어. (질식은 양발잡이일까? ― 뜀박질 혹은 산보.)

박 상, 거기 홀로 누워 무엇합니까,

박 상, 발 디딜 곳 여즉 없습니까,

~~물러가라, 박 상이 등장할 지면은 더 이상 없어.~~

바람은 불고, 억새는 드러누웠다가 더욱더 드러눕고, 아주 드러누운 네 사지는 바람 따라 이리저리 흔들린다. 너는 애쓴다; 흔들리는 이 사지, 내가 해결해 주겠다고. 한데 어떠한 방법이 진정 네게 필요한 것인가, 너는 중얼거린다; 모르겠어, 너를 깨우는 것과, 너를 내버려두는 것. 무엇이 너를 위한 것인지 도저히 모르겠다고.

물보라

쿠라게스쿠이(クラゲすくい); 해파리가 온다. 죽음을 휴대하고서. 동작대교를 가로질러서. 601번 버스를 추월하여서. 너의 눈동자를 파고들면서. 산란. 폭죽놀이. 폭죽놀이. 산란. 절망한 어부는 금빛 해초를 씹는다. 망아지의 주둥이는 젖어 가고, 벼룩들 춤을 춘다. 해파리가 끝나 간다. 해파리가 끌려간다. 자전거 도로를 따라서. 진창을 뒤집으면서. 난간. 물보라. 물보라. 난간. 끝나지 않는 고가도로. 물보라, 물보라. 너는 계속 오고, 너는 계속 끌려간다.

그것을 너는 질주라고 쓴다.

~~질주; 나는 공복이요, 음식물이 나를 거부하고 있다고. 입에서 항문으로, 항문에서 입으로, 음식물이 희롱하고 있다고.~~

질주는 지워져야 한다.

눈이 나려요.

눈이 나려요, 녹지 않는 눈이.

사포질 시급, 인부 고용 中: ~~시가. 발음[시: 까]~~

못에 떨어지는 떡밥.

금붕어는 무슨 까닭으로 수다를 멈추지 않는다.

물보라

계속하여 너는 산다
까닭에 거울은 너를 상대하지 않는다
— 모리나가 유우코

아침에 일어나니 날은 저물었고, 엄마는 너를 가르친다. 너는 언젠가 썼을 것이라고; 모든 것이 내장을 굴러다니는 자갈 탓이라고. 누워도 누운 것 같지 않고, 걸어도 걷는 것 같지 않으며, 살지도 않는데 꼭 사는 것만 같다고. 이것은 네가 쓴 것이고, 이것도 네가 쓴 것이고, 이것이 네가 쓴 것이라고 너를 가르치는 엄마.

네 엄마의 실명은 춘숙이고, 이렇게도 너는 썼을 것이라고; 나는 흔한 돌을 갖고 싶다고. 특수한 돌은 정숙의 (춘숙?) 내장을 굴러다니고, 엄마의 이름은 해숙이고, 물보라는 세어질 수 없다고. 물보라. 엄마는 물보라였을까?

아침에 일어나니 날은 저물었고, 차조기 잎만을 여전히 찧는 엄마, 못 떠다니는 금붕어만 여전히 구경하는 엄마, 여전히 뒷짐만으로 중얼거리는 엄마. 여전히 셀 수 없는 엄마. 너는 자갈을 굴리며 네 내장을 돌아다니고, 너는 너를 쓰면서, 너를 쓸 수 있는 것은 너밖에 없다고 착각하면서, 물보라.

물보라. 나는 흔할 수 없는 돌이고, 특수한 돌과는 다르

다고. 츠게 요시하루는 「무능한 사람(無能の人)」을 그렸고, 무능한 사람은 흔한 돌을 주워다 파는 사람. 이것은 족보를 파는 자와 사는 자는 (양반, 중인, 양인, 천인) 내내 알 수 없는(을) 시장이고, 너는 너와 상관없이 살아질 거야. 물보라. 다 물보라였다고.

아침에 일어나니 날은 저물었고, 물보라. 여전히 마리냐, 여전히 마리모, 여전히 마리아, 자갈은 엄마를 굴리고, 사다코 이모, 피라냐, 난민, 물보라, 소쩍새, 도락산, 앵도나무, 예수는 진리요, 돌멩게, 아무리 지껄여도 우담화, 물보라. 엄마는 혼자서 사타구니를 씻을 수 없도다.

물보라

비가 와서 오늘 감자 캘 기분 아니 나다. 2인 1조의 1인 말하다. 죽지 못해 산다고. 그의 호미질에는 리듬이 있다. 2인 1조의 1인 말하다. 죽기 위해 산다고. 그의 호미질에는 리듬이 있다. 이 둘, 17년 전 모리나가 유우코 씨의 정원에서 긴교스쿠이(金魚すくい) 함께하며 면 텄다. 놀이를 노동하던 중에 눈 맞다; 그것을 증명하며 금붕어 떼가 둘의 검은자 주변을 맴돌다. 눈 오는 감자밭은 글렀다. 호미질할 기분 아무래도 아니 나다. 2인 1조의 1인 말하다. 죽지 못해 사는 당신과 이 내가 죽을 때까지 함께해 보겠다고. 2인 1조의 1인 말하다. 죽기 위해 사는 당신 곁에 선지가 이 나는 너무 오래되었다고. 호미질 계속되다. 돼지감자. 삶 속에서만 웅크리는 이 죽음. 아니 나는 기분 핑계하며 서로를 껴안지 않는 둘. 물보라. 물보라.

묽보라

퀸시는 일천칠백팔십오 년에 태어나 팔백오십구 년에 사망했다. 궁예는 두 세계를 동시에 봐야 했다. 우리는 그것을 실수라 부르지 않는다. 알아. 책이 사실만을 다루지는 않지. 물론 저자의 약력까지 포함하여. 하지만 일천칠백팔십오 년 태어난 퀸시가 팔백오십구 년 사망한 것은 사실이라고. 내가 봤다. 내가 봤다고. 퀸시는 심연에서 탄식을 중얼거렸다. ~~(탄식에서 심연을 중얼거렸다?) 궁예는 애연가였다?~~ 내가 다 봤다니까. 그게 무슨 소용이람? 한 무리는 낮과 밤을 세우고 한 무리는 낮과 밤을 허물 뿐.

물보라

너는 수전증(水顫症)을 앓는다. 나는 환자인 환자이자, 환자가 될 수 없는 환자요.

(쓰는 너와 쓰인 네가 거리감을 호소한다.)

물은 너를 휘두르며 자기를 위로한다. 너는 물로부터 멀어지고, 멀어진 만큼 가까워진다.

너는 너를 잃어버리고, 너를 되찾기도 하지만, 그래야 할 목적을 이내 잊어버린다.

물은 떨림이고, 떨림은 물을 한다. 발작하고, 웃고, 달뜬 채로 너를 떠들면서 물은 쓴다. 나는 네게서 동시에 본다고; 두 개 이상의 죽음과 한 개의 삶을.

물보라.

너는 늘 네게서 멀리 있었다.

(물은 종일 누구를 지껄이고 있는 거야?)

어느 날 너는 네게 너를 묻는다.

~~*언제까지 너는 발버둥질을 계속할 수 있을까?*~~

질문은 물음하는 너를 곧바로 교정한다.

발버둥질은 언제까지 나를 계속할 수 있을까?

물보라는 혼자 태어나서 함께 죽는다.

물보라.

물보라

연애는 물보라를 즐긴다. 물보라 물보라. 키스는 섞이는 혀를 잊었다. 버릿속에서 키스는 절단한다 섞이는 혀를 잊은 본인을. 키스와 키스는 멀어지면서 비로소 키스가 된다. 너는 나와 혀를 섞는구나. 나와 멀어지기 위해서.

물보라

물보라는 스스로와 집단 성교한다. 궁동근린공원에 연인은 하나고, 연인은 둘이고. 연인은 열넷이다. 세어질 수 없는 연인들. 물보라, 물보라. 그를 그는 쓴다; 보름이니 부럼을 하고, 달 아래 늙어 가는 딸과 늙어 가는 아비를 동시에 보고 있다고. 둘은 입을 맞추고, 혀를 섞고, 서로의 침을 서로의 전신에 묻힌다. 물보라; 딸은 그의 뺨을 치고, 그는 뺨을 감싸 쥔 아비를 본다. 물보라, 물보라.

물보라

느릅나무는 머릿속에 떠오르는 물구나무를 매초 참는다. 밤을 흔드는 흰 뿌리. 물구나무를 참고… 참고… 참고… 또 참으면서 느릅나무는 하루를 버틴다. 흙을 뿌리치기 위해.

물보라

601번 버스가 겨울의 광화문을 지난다. 너는 뒤에서 두 번째 창가 좌석에 앉는다. 진눈깨비가 내린다. 너는 창덕궁을 미끄러지고 있다. 허깨비가 창문을 열고 닫는다. 너는 유달산을 미끄러지고 있다. 허깨비가 창문을 열고 닫는다. 너는 젖어 간다. 너는 식어 간다. 물보라.

문어는 네 뒷통수를 여덟 번 때린다. (타격음이 상당한 걸.)

승객이 너를 돌아본다. 모든 승객은 돌아본다. 승객? 아무도 너를 돌아본 적 없다고 쓰고 싶었던 것이겠지. 문어는 너를 때렸다.

기사님, 제가 그날의 CCTV 녹화본을 좀 봐야 해서요,

안 돼요.

왜요.

문어라니… 말이 돼요?

말은 원래 안 돼요.

안 되니까 안 돼요.

훔친 화면 속으로 들어간다. 서아시아인 성인 둘. 문어는 보이지 않는다. 남아프리카인 성인 넷. 문어는 보이지 않는다. 북유럽인 성인 하나. 문어는 보이지 않는다. 아이. 아이들은 외국과 내국을 잇는 복도에서 자주 보인다. 버스

에서는 볼 수 없어. 문어는 보이지 않는다. 동생이 문어를 장난한 것일까?

억울해 — 억울해 — 문어는 동일한 음성으로 여덟 번 외친다. 귀는 눈보다 빠르다고요, 여덟 번이 아니고, 나는 당신 뒷통수를 열 번 때렸다고요. 다시 쓰라고요. 문어는 매일 꿈에 나타나 주장했다. 열 대로 고쳐 쓰라고!

나는 버스를 살았다. 문어가 죽어 가고, 곁에서 문어의 마음을 이해한답시고 나도 다 늙어 버렸답니다.

— 그래서 평생에 걸쳐 이해한 문어의 마음은 어떤 것이었나요?

— 문어의 마음…! 문어의 마음은 문어의 마음이었습니다.

뭎보라

허수아비는 발버둥질한다 오렌지 속에서; 난간이 발아래로 들어선다. 난간은 허수아비가 필요하다. 닿을 듯 발이 닿지 않는 허수아비가. 허수아비는 허수아비가 필요한 난간을 몸으로 기록한다. 지빠귀가 난간 모서리에 내려앉는다.

정지. 허수아비는 고민한다.

난간은 묻는다: 어떤 걸 쓸지 고민하오? 허수아비는 답하지 않는다: 그런 걸 고민하지는 않아요. 난간은 묻는다: 어떻게 써야 할지를 고민하는 것이오? 허수아비는 답하지 않는다: 아니요, 그건 부수적인 것이죠. 난간은 묻는다: 그렇다면 무엇을 고민한단 말이오? 허수아비는 답하지 않는다: 나를 살아온 나를 묻고 있어요.

지빠귀는 난간 모서리를 날아오른다. 종일 묻다를 묻던 난간도 떠나다. 허수아비를 끄적이는 노을; 날아오른 지빠귀와 내려앉은 지빠귀는 같은 종이기에 다른 종일 가능성이 매우 높음.

물보라

펜은 바람 위에다가 너를 써 갈기며 달아난다.
질주하라. 질주해!
그곳에 너는 없고,
물보라, 물보라.
걸음을 옮기려 들 때마다 고꾸라지길 반복하는 멧닭만
이 있다.
물보라는
해산과집합과
해산과집합과해산과집합을
계속하여반복하고
그때마다
잠속의잠속의잠속의잠속의
잠속의잠속의
잠속으로
계속하여잠겨드는
멧닭.
멧닭은 깊다. 멧닭. 그가 말한다;
2. 지금은 언제이며 —
3. 여기는 어디인고 —

4. 당신은 나로 무엇을 하는 것이며 —

5. 어떻게 할 작정인고 —

6. 도대체 왜 그러는고 —

1. 누구는 없는 너. 누구만 없는 너. 네가 너를 계속하여 믿기 위해선, 너로부터 끝없이 도망쳐야만 한단다. 멧닭은 듣는다; 네가 반복하여 내쉬는 한숨을. 평화를 내쉬는 것도, 불안을 내쉬는 것도 아닌. 그것은 마치… 가장 작은 소리로 도망하기 위하여 1천년 동안 자기 뼈를 조금씩 조금씩 긁어내는 바람의 들숨.

물보라

성북천, 만개한 벚꽃 아래 너는 양꼬치를 굽는다. 물을 박차고 날아오르는 청둥오리 두 마리. 양꼬치는 시계 방향으로 돌아가고, 물은 취한 목소리들을 싣고 유유히 흘러간다. 아까 날아간 청둥오리 두 마리가 감기듯이 물로 돌아온다. 양꼬치는 반시계 방향으로 돌아가고, 너는 내게 청둥오리를 설명한다. 나는 청둥오리를 찾으나 보이지 않는다. 너는 청둥오리를 가리키고, 핸드폰을 꺼내 찍은 사진을 확대하며 내게 보여 준다. 너나 나와는 상관없이 양꼬치는 돌고 있고, 네가 내민 화면은 청둥오리를 보여 주지 않는다. 돌아가는 양꼬치와 상관없는 일인데, 너는 돌아 버리겠다며 자리에서 일어나고, 사진을 쉼 없이 찍는다. 나는 네게 양꼬치를 권한다. 너는 천변으로 걸어가서, 유유한 천과, 유유한 하늘을 찍은 뒤, 내게 핸드폰을 내밀고, 나는 거기서 흩날리는 벚꽃 잎과 천에 잠긴 돌멩이와 물풀을 본다. 접시에 놓여 서서히 식어 가는 양꼬치. 그리고 물을 박차는 청둥오리 두 마리, 오늘 저녁과 상관없이.

물보라

물보라.

추신 — 살아 있다는 걸 입증하고 싶어서, 너는 너와 나비를 지난하게 오가나, 결국 그 어느 쪽도 될 수 없다는 사실만을 계속 확인당한다고.

물보라. 물보라.

발버둥질은 물보라를 하고, 물보라도 발버둥질을 한다. 너는 물보라와 발버둥질 둘뿐인 마을에서 죽을 때까지 살았다. 물보라와 발버둥질. 발버둥질과 물보라. 둘과 함께라면 평생쯤이야. 그래, 내 얼마든지 더요. 그런 마을은 그리고 없다. 왜? 네게는 주어지지 않은 것이니까.

(음성 메모)

*하나님이 네게 위로를 베푸시는데도, 네게는 그 위로가 별것 아니란 말이냐? 하나님이 네게 부드럽게 말씀하시는데도, 네게는 그 말씀이 하찮게 들리느냐?**

너는 살아 있으라. 그리고 끝장난 네게 다가가 조용히 속삭이라; 너의 끝을 교정할 의무가 네게는 있으니, 계속 죽음을 살라고.

*사람은 습한 데서 자면 허리 병이 생기고 반신불수가 되는데, 미꾸라지도 그런가?***

사람은 습한 데서 자면 허리 병이 생기고 반신불수가 되는데, 미꾸라지도 그런가?

사람은 습한 데서 자면 허리 병이 생기고 반신불수가 되는데, 미꾸라지도 그런가?

(음성 메모 끝)

(너와는 관계없는 목소리들. 왜? 너는 네게 주어지지 않았으니까.)

너는 목격한 것을 쓰지 못한다; 박쥐는 건전한 성생활을 즐긴다고. 불건전한 성생활을 포함한 건전한 성생활을.

다 무슨 소용이람? 물보라.

덮쳐 오는 츄레라 바라보며 중얼거릴 수밖에 없다고.

쓰일 것은 이미 쓰였고, 물보라는 정신머리가 없어. (쓰이지 않았어야 할 것도 까닭에 쓰였지.)

너보다 먼저 죽은 동생과, 너보다 오래 살았던 엄마의

포옹? 그런 것은 없다고.

너는 회전하는 탄환을 삼켰고. 탄환은 너를 통과하여 네게서 물러나 있는 너만을 살해한다고.

너는 네 뒤에 있던 너보다 늘 먼저 죽고, 물보라. 그것이 물보라라고.

순서가 없어 네게는. 왜? 그건, 그러니까, 네게는 주어지지 않은 것이기 때문인데….

* 성경, 「욥기」에서.

** 장자, 『제물론』에서.

물보라

벽은 벽지 속에서 운다. 울지도 못하는 벽은(너의 눈물은 떨어질 곳도 없어! ― 하고, 말해 주는 이도 없이.) 벽 속을 파고들며 중얼거리고, 물보라는 바로 그 중얼거림이다.

물보라는 늘 자기 함락(된, 한)다.

구천을 떠도는 물보라. 구천도 못 떠도는 물보라. 너는 네게 주도권이 없구나. 물보라; 너는 그 속에 드러눕는다.

너를 배회하는 물보라. 네 눈앞에서 팔(八)자를 그리는 물보라. 너는 너를 구멍에 집어넣는다. 아 글쎄, 동생 녀석은 양치할 때마다 티셔츠에 치약 거품을 줄줄 흘렸다니까요.

구멍은 늘 너의 일부분만 허락한다. 물거품; 에쎄를 꼬나물고, 연기를 일으키면서, 너는 춤출 때 춤을 추고, 잠잘 때 잠을 자고,* 죽을 때 죽는다. 너의 마지막은 네게 주도권이 없다. 그리고…

너는 너의 끝이 언제 끝날지가 궁금하다.

물보라.

(죽으면 다 끝나는 것이 아니었단 말이야?)

* 몽테뉴, 『에세』에서.

물보라

이런 시를 썼어
바람이 불어오는데
거기 나는 없다고
왜냐하면 나는 거기 없기 때문에
— 모리나가 유우코

이 나를 훔친 델몬트 유리병. 그곳에 유실된 나의 머리통 자리하다. 불 끄다. 아빠는 아니 자다. 부적격. 뒤집으니 머리카락 산발하다. 찰랑이다. 부적격. 가라앉다. 냉동하다. 홉뜬 저 두 눈 살의로 번들하다. 부적격. 뿌리만이 필라멘트하다. 모리나가 유우코 씨. 부적격. 그는 금붕어하다. 수풀 사이 숨어들다. 헤엄하다. 미끄러지다. 부적격. 반복 다도. 따르는 차 졸졸 정원에 내다 버리다. 박 상, 무릎을 꿇으세요, 박 상, 허벅지를 보여 주세요, 박 상, 몇 번째 매질입니까? 박 상, 몇 번째 매질입니까? 박 상, 몇 번째 매질입니까? 박 상, 몇 번째 매질입니까? 박 상, 몇 번째 매질입니까? 박 상, 몇 번째 매질입니까? 박 상, 횟수를 잊으면 동생의 혼이 슬퍼한다고 말하지 않았습니까. 박 상, 부디 이 정원에서 긴교스쿠이(金魚すくい)만 하며 젊음 떠나보내기를 부탁합니다. 부적격. 어디도 가지 마세요. 부적격. 유우코 씨의 따뜻한 목소리. 부적격. 방탄유리 어찌해 보겠다며 회전하는 탄두. 헛돌다. 이 물방울, 이 실금

좀 봐 주세요. 헛되다. 모리나가 유우코 씨 수양버들 아래에서 매일 손주 매질하다. 너는 어디도 갈 수 없어. 아빠 영영 자다. 기억 찰랑. 아빠 영영 자다. 죽지 않은 나의 사체. 부적격. 죽지 않을 나의 사체. ~~나는 갯버들 아래에서 매일 매질당한다. 매질을 위한 매질을.~~ 물보라.

원형 분수대 앞에서 한 약속;
이제부터라도 고향을 만들 거예요. 반강제로요.

물보라

물보라; 멧닭의 배경으로는 들이나 산지가 어울리나, 멧닭이 돌담 벽 너머로 하늘을 올려다보는 구도를 선호했기에 너는 이전에 들과 산이 자리했다던 저수지 위로 우물을 옮겨 놓았을 뿐.

마침 한겨울이고,

달은 늘 가까이서 뜬다.

멧닭과 교류할 여유는 없다. 술 한잔 돌리니 저수지가 밤을 들고 일어서 보겠다고 쩍쩍 아우성한다. 저수지를 달래려 두어 번 함께 물장구를 치고 오니, 이번에는 달이 지랄발광한다; 차선책으로 너는 망치를 가볍게 휘둘러 달을 깨 버렸다.

종량제 봉투를 들고 오려 하니 살얼음이 너를 포위한다. 살얼음. 반짝이는 살얼음, 외국이든 외계든 있는 색 없는 색 다 끌어온 듯.

군대가 아닌 개별로서 너와 겨뤄 보겠다고 드는 살얼음.

곬은 막혔다.

확실히 해 둘 것은, (***가장 불확실한 상태로 말하라***) 네가 문제 삼는 지점이 그 수에서 연유한 것은 아니다.

어느 겨울 남몰래 확대경으로 관찰하여 네가 머릿속에

보관해 둔 무지개; 그것을 멧닭이 훔쳐 냈는지 멧닭은 1초에 두 마리로 나뉜다. 넷 여덟 열여섯.

네가 그것을 바라볼 수밖에 없게끔.

넷 여덟 열여섯.

그것이 너를 주도하고,

둘 넷 여섯 열여덟.

그것들이 너를 장난한다.

벌집은 네 머릿속을 리모델링한다; 모든 일은 안에서 벌어져. 팡팡 얼굴을 터뜨리며 태어나는

멧닭.

아편굴.

멧닭.

죽음을 앞질러 죽는 멧닭.

물보라.

물보라

물보라. 들꽃이 만개한다. 꿈은 계속된다. 꽃향기 털며 날아가는 나비 떼. 온갖 색 종이 털며 날아드는 나비 떼. 번갈아 씨를 뿌리는 분홍구름 연두구름. 나는 드러누워 있다. 햇살에 얼굴이 반으로 나뉜다. 흑의를 걸친 사람들과 백의를 걸친 사람들이 편을 나눠 족구를 한다. 참말로 지루한 경기군… 백의를 걸친 사람들과 흑의를 걸친 사람들 모두 속으로 중얼댄다. **나는 졸음꽃 속에서 내게 읊조린다. 이보게, 편히 눕게. 꿈은 저항을 원치 않는다네… 졸음꽃 속에서 읊조린 내게 나는 읊조린다. 알겠네, 편히 눕게, 그건 나도 바라는 바였다네. 하지만 나는 저항 또한 꿈과 엮이길 원치 않는다고 여기네만…** 백의를 걸친 사람들과 흑의를 걸친 사람들 모두 속으로 중얼댄다. 참말로 지루한 경기군… 흑의를 걸친 사람들과 백의를 걸친 사람들이 편을 나눠 족구를 한다. 햇살에 얼굴이 반으로 나뉜다. 나는 드러누워 있다. 번갈아 씨를 뿌리는 분홍구름 연두구름. 온갖 색종이 털며 날아드는 나비 떼. 꽃향기 털며 날아가는 나비 떼. 꿈은 계속된다. 꿈은 계속된다. 물보라. 들꽃이 만개한다.

하염없이
무엇을 생각합니다*

* 김소월, 「개여울」에서.

「물보라」

아침에 일어나니 날은 저물었다.

너를 돌려 물 바깥으로 올려 보낸다. 너는 다시 잔다.

개골창 너머로 기차가 달린다. 민가는 없고, 숲은 울창해지고, 기차는 끝을 향해 달린다. 기차가 목적하는 길의 목에 빌딩이 들어서고, 기차의 속력를 앞질러 빌딩숲은 세워진다. 기차는 육삼빌딩을 들이받는다. 이제 목적이 생기고 이유가 생기다; 유일한 승객인 끝은 충돌 직전 기차를 탈출한다.

기관사 정숙은 스카이 댄서였다. 에어 댄서라 불리기도 했다. 법원 앞에서 그는 그를 부정한다;

나는 어름사니요, 반도에서 제일가는 허공잡이를 할 줄 아오; 줄 위에서 그는 그를 잊는다. 그 자리로 새가 들어서지 않고, 벼룩도 자리 잡지 않으며, 정숙은 단지 정숙을 부정한다. 뇌사 판정받은 뇌가 먹이 활동을 하려 들듯이.

그 무엇이며 그 무엇도 아닐 그.

줄은 그를 한다.

발은 자유를 느껴. 줄 위에 놓여 있을 때만.

그것이 매일 밤 자기 포승을 복습하는 이유.

너는 쓴다.

물보라와 물보라 사이에서.

책을 벗어나지 못한 글자는 책을 빨아들여 혀를 만들었다.

까닭에 사랑과 평화 같은 단어 또한 뇌 표면의 막을 찢으며 부화한다.

계사년, 흐드러진 벚나무 아래에서 중얼거리다; 물보라. 다 물보라였다고.

골통이 바수어진다.

인터뷰

나는 기차가 좋아요. 기차는 줄 같아요. 나는 기차를 탔어요. 그러자 기차가 살았어요. 대가리와 꼬리가 각기 다른 방향을 주장하며 다퉜어요. 견디지 못한 몸이 마구 휘었어요. 문제는 빌딩이 아니었어요. 일어날 일은 일어난다.

정숙의 인터뷰를 훔쳐본 빌딩은 뒤늦게 창문을 턴다. **파편들.** 파편. 파편 하나.

파편 하나. 파편 하나. 파편 하나. 파편 하나. 파편 하나.
파편 하나. 파편 하나. 파편 하나. 파편 하나. 파편 하나.
파편 하나. 파편 하나. 파편 하나. 파편 하나. 파편 하나.
파편 하나. 파편 하나. 파편 하나. 파편 하나. 파편 하나.
파편 하나. 파편 하나. 파편 하나. 파편 하나. 파편 하나.
파편 하나. 파편 하나. 파편 하나. 파편 하나. 파편 하나.
파편 하나. 파편 하나. 파편 하나. 파편 하나. 파편 하나.

파편들.

창문은 얼굴이 부서질 때 자유롭고,
물보라는 두개골이 함락될 때 자유롭다.
물보라, 물보라.

연희동사무소 입구에서 너는 뒷모습을 한다. 신발은 너를 가벼워하고, 너는 하늘에서 내려온다.

느릅나무 한 그루가 필요했다. 물구나무는 너를 좋아한다. 땅이 나무를 필요로 한 건 아니었어.

너는 고치에서 탈출한다. 눈은 떨어지고, 너는 부서진

다. 원숭이는 하나였고, 훨훨 너는 사라졌다. 눈은 쌓이고, 원숭이는 둘이었다.

원숭이. 원숭이. 써야 할 이유가 쓰지 말아야 했던 이유를 앞지른다. 숭이 숭이 원숭이. 원숭이는 셋이었다.

하나는 눈송이를 향해 달려가고, 하나는 눈송이를 피해 달려간다. 꼼짝 않는 원숭이. 발밑에서 거품이 끓어오른다. 원숭이.

원숭이. 제자리가 너를 발버둥질한다. 너를 몰아내려는 것 같고, 제자리는 어떻게든 너를 세워 두려는 것 같다. 원숭아. 번호표가 너를 쥐고 있다.

너는 나아가려 하고, 걸음은 너를 물리려 한다. 물보라가 일고, 너는 둘이었다. 셋이었고 넷이었다.

물보라 속에서 너는 세어질 수 없다. 기쁠 것이 비로소 기뻐졌다.

정: 여보세요?

반: 네 여보세요.

정: 여보세요?

반: 네 여보세요?

정: 여보세요.

반: 잘못 걸었어요?

정: 네, 말씀하세요.

순서가 없는 물보라.

합쳐질 수도, 나눠질 수도 없는 물보라.

육교 허공을 지나가는 흰점박이올챙이, 밤을 흔들며.

빗방울만이 너희를 살게 하리라.

물보라.

퍼붓는 빗속에서 누(Gnu)는 장호에게 말했다;

물을 찬찬히 들여다보세요. 뒷면과 옆면, 물속의 물. 물 너머의 물. 그리고,

네 것으로 만드세요.

서울특별시 서대문구 연희로 83; 다이소 연희점, 02-478-7731.

서울특별시 서대문구 연희로 79; 올리브영 연희점, 02-3144-3249.

서울특별시 서대문구 연희로 81-21; CU 연희점, 070-4406-8752.

누가 왜 나타났는지,

누가 왜 연희동에서 말을 건 것인지 장호는 의심하지 않는다.

단지 당장 보이는 것을 쓴다.

현재를 입증하기 위해서.

그리고,

보이지 않는 것 또한 썼다.

누는 빨간 바지를 입고 있다.

아스팔트를 긁는 앞발.

네온사인이 장호를 지지하듯 웅덩이를 간질인다.

~~**깨워라**~~

> 장호는 누에게 질문한다;
너는 너를 본 적이 있는지.
네가 너를 본 적이 있는지.

누.
장호를 짓밟고 지나간다. 뼈가 으스러지고 진물이 새어 나온다.
누.
연희동을 첨벙거리며 지랄방광하다;
뒷다리를 타고 흘러내리는 오줌.
물보라. 물보라. 네가 어찌할 수 없는.
물보라. 물보라. 너를 어찌할 수 없는.

너는 너를 보고 있다.
(보라는 말은 절단이 필요하겠어.)
너는 만석보를 허물어뜨린다. 물이 흐른다. 물살이 치닫는다. 물과 물이 만난다. 일부분은 낙오한다.
물보라는 낙오자를 일으킨다. 너는 망치를 쥐고, 물살의 목에 자리한 돌을 내려친다. 부서지든 부서지지 않든 상관없어. 망치는 돌을 내려치고, 잔해가 튄 곳에서 물보라가 인다. 주인 없는 망치는 네게 일러 준다; 꿈속에서, 모든 민족은 쥘 수 없는 난간을 향해 잼잼 운동을 한다고. 그것이 잠에 빠져드는 얼굴이 못 자국을 닮은 까닭이라고.

너는 돌만 본다.

너에게는 돌만 보인다.

망치는 물살의 목에 자리한 너를 내려친다.

아무것도 보지 못하는 너를.

고성 임포 장에 가면 개의 머리가 진열되어 있다.

불과 20년 전의 일이고,

잊을 만합니까?

화가는 흰 페인트 통을 열며 네게 말한다.

아 글쎄요,

붓을 쥔 화가는 너의 눈을 들여다본다.

도롱뇽 알집; 알 속에 들어 있다. 각기 다른 사고를 하는 도롱뇽. (흰 도롱뇽이 깨어난다.)

아시아인.

나도 될 수 있을까?
아시아인 잡종.
가장 먼저 태어난 흰 도롱뇽.
가장 먼저 시력 잃다.
자기 발명; 잡종.
빈사.

동양의 나폴리라 불리는 가고시마 출신 여자와
동양의 나폴리라 불리는 통영 출신 남자가 만나
물보라를 네게 물려줬다네.

새벽. 두레주택 옥상에 나타난 것은 희숙이니, 머리는 산발이요, 즐기던 상모놀이를 채 끝내지 못한 듯 눈동자는 잠에 취해 돌아간다; 희숙은 희숙을 메모한다 — *안전 과민증을 앓는 대공포를 나는 흉내 내는 것일까?* 하늘은 맑다.

아침에 일어나니 날은 다 저물었고, 하늘은 평화롭다.
하늘에 못 박아 놓은 것이다. 평화를.

희숙은 장도리를 쥐고 못 자국을 찾는다. 이빨을 드러내고서, 못 자국이 어디 있나? 겨드랑이부터 시작하여, 피터팬 빵집과 가드레일, 영천 시장 구석구석을 탐색한다.

물보라는 본능이다.

장도리가 희숙을 쥐고 못 자국을 찾는다는 기록이 더 적합할 듯싶은데.

물보라.

~~부탄.~~
~~부탄이 너를 초대한다.~~

하면, 어떤 기록이 적합할 수 있을까?
창숙은 이 반도의 유일한 법관이다. (창숙의 말이 곧 법이라고 네가 쓰자, 무수한 낫이 달려들어 삽시간에 손목을 절단해 버리다; 너는 네가 쓴 것을 괄호 속에 겨우 숨겨 두었다.)

~~사할린.~~

~~비드고슈치.~~

~~헤르뇌산드.~~

~~올보르그.~~

~~바르티카.~~

~~은자메나.~~

~~고성.~~

~~가고시마.~~

쓴 것을 지우지 않기; (누가 너의 말을 믿겠니?)

창숙은 법을 섬긴다.

삼짇날이면 양의 배를 갈라 그 곁을 지키고, 법전에 새겨진 글자가 자유로이 춤출 수 있도록 밤새 리라를 연주한다.

백인들은 칠현금을 타악한다.

(떨떨한가?)

양은 비명을 끓인다.

공백 없이.

이빨을 부딪치면서.

창숙은 양의 즉흥 탄주를 받아 적는다.

혓바닥에 쓸리는 내장.

화식주의자들이 몰려온다.

불 화(火)자, 꽃 화(花)자, 될 화(化)자, 말할 화(話)자.

나는 중얼하라; 입에서 탄내가 나요. 배 속이 매캐해요.

말하던 창숙이 비로소 말하게 되다;

~~*나는 나의 입속으로 들어갑니다. 거기 장미잎 띄운 열탕에 잠겨 발 닿지 않는 쾌감을 드려요… (아래 네 줄 뒤로)*~~

연기, 실패, 자가증식, 실패, 실패, 입김, 실패. 실패.

형체를 알아볼 수 없는 창숙. 그것이 바로 창숙이다.

물보라.

비로소 창숙은 창숙이 되다;

내키는 대로 눈장수는 중얼하라; 시원하군, 시원해, 발 닿지 않는 열탕에 정수리까지 잠겨 마음껏 하는 발버둥질이라니, 뽀글뽀글; 젖지 않을 책을 나는 푹 젖은 채로 읽지, 바스코 포파는 작은 상자를 조심하라고 내게 일러주었으니 뽀글뽀글; 바로 나를 희롱하듯 눈앞에 떠도는 이 기포를 말하는 것이었으리라. 작은 상자도 편함만 추구하여 영상 속으로 달아났고 나는 기포를 재생하고 말다; 오늘은 달이 뜨렸다. 눈장수는 눈을 봇짐 삼아 노새에게 이고 겨울로 간다; 과체중한 눈장수는 몇 보도 못 채우고 숨 고르는 것이 예삿일이며 성정이 예민한 탓에 눈앞의 잎사귀와 보이지 않는 잎사귀, 내리는 눈과 내리지 않는 눈, 지나갈 밤과 지나간 밤 그리고 발자국과 소음과 침묵과 저 달, 달뜬 저 표정을 내비치는 달을 생각하며 장 트러블을 겪는다. 설상가상 노새는 동행인 눈장수를 빼닮아서 눈장수가 싫어할 행동 하지 않고 싫어할 표정 짓지 아니하며 노새가 싫어할 생각과 눈장수가 싫어할 생각과 노새도 뭣도 눈장수도 아닌 내가 싫어할 만한 생각을 향해 눈이 돌아가 있는 탓에 골병이 나 중간에 낙오하고 말다. 눈장수는 홀로 눈을 이고 겨울에 도착하나 거래를 트러 가는 곳마다 겨울은 그를 홀대하며 괄시하고 멸시하더니 이내 상대조차 않다; 상심한 눈장수 그길로 여인숙에 드리누워 중얼중얼 신세만 한단하다; 내 갈 곳 겨울뿐이고 할 일 또한 겨울로 가는 것뿐인데 내 이제 어디로 가오? 여대(輿儓)가 떨어진 눈장수 공중화장실에 종일 살다; 올려다본 하늘, 구름은 막 세수한 노새인 듯 눈을 털어내고 그의 정수리에서는 김이 피어오른다, 눈밭에 쭈그려 앉아 중얼하고 중얼하고 중얼하던 눈장수, 피어오르는 김이 시작된 정수리 속으로 입장하여 드러눕다, 눈 회오리가 사방이고 노새는 곤히 자다; 나 어디로 가오? 무엇 해야 내가 살아지리오? 종일 뽀글뽀글하는 눈장수, 작은 상자에 갇힌 듯 중얼거리는 수밖에 없다고 하더라.

물보라; 반가울 것이 마땅히 반갑게 되었다. 물보라. 어지러워. 수증기.

법관 창숙에게 내려진 판결은 늘 다음과 같다;
~~신원미상~~
물보라.

희숙은 달리고 있다. 어제는 가고시마의 센간엔(仙巌園)을, 오늘은 통영의 선창을 달음박질한다.

도배를 끝낸 듯 달은 희다. 한 번도 만져 보지 않은 나의 살 같다.

생매장당한 벽은 계속 울고, 울지도 못하는 벽은 벽 속을 파고들며 쉬지 않고 중얼거린다.

~~존속살해. 곰팡이. 존속살해. 곰팡이.~~

그 중얼거림이 물보라다.

물보라는 둘 이상의 중얼거림이 모여 합동 설계한 지붕이다.

지붕은 교정을 즐긴다. 늘 몸매가 바뀐다.

발기불능.

; 물보라

원시를 휘감아 끌고 온 물살이 벽에 받혀 부서진다. 물방울은 물에 받혀 다시 부서진다.

물에는 역사가 없다.

물보라가 곧 물의 역사였다.

희숙은 개마고원을 지났고, 의사와 관계없이 사상을 재검증받는다.

지난겨울 희숙의 질주를 목격한 창호는 희숙이 마치 기

차처럼 달린다고 썼다.

창호의 문체는 금세라도 날아갈 듯 희미하고 가볍다. 너는 고쳐 쓴다;

그것은 날아가지 않기 위한 창호의 몸부림이었다고.

물보라, 물보라.

기차는 물보라를 뚫고 달린다.

창문은 젖었고, 너는 기차를 찢는다.

기관사는 네가 찢은 기차를 딱풀로 붙여 운행한다; 탈선하는 기차에는 그 누구도 질주라는 비유를 사용하지 않는다.

달리는 기차보다 달리지 않는 기차가 더 많다.

많은 기차 종(種)이 발명되었다. 이름을 읊기도 벅차다.

숨이 차다; 멎어라. 너는 질주를 포기하는 방식으로 질주할 수밖에 없었다.

그것이 질주를 앞지를 수 있는 유일한 질주였다.

발정하는 기차.

물보라.

너는 들에다 기차를 방사한다.

노루는 흥이 올랐고 나비는 날아오른다 나는 들이 필요하다 노루는 뛰지 않았고 나비는 비에 젖는다 노루는 뛸 줄을 모르고 비는 나를 피한다 비는 나를 무시했다 나는 지붕이 필요하다 노루는 천장이 필요하고 나는 천장을 팔(八) 자로 맴돈다 나는 방사한다 꿈인지 생시인지 모르겠다 꿈에도 꿈을 모르겠고 생시에도 생시를 모르겠다 나비는 노루가 무겁다 나는 나의 무릎을 흠집 낸다 노루는 날아갔다 꿈의 장난이 틀림없고 나는 짝짓기했다 생시도 장난을 한다 노루는 무게를 느낀다 털은 가지런했고 나비의 내장은 복잡하다 나는 짝짓기한다 나비는 기지개했고 들은 흔들린다 나는 짝짓기한다 나비는 흔들렸고 나는 죽고 싶다 나는 나른하지 않고 지금은 생시다 나비는 나른하다 나비는 나비가 무겁고 노루는 떠내려갔다 나비는 떠내려간다 노루는 나를 핥고 비는 멎지 않는다 나비는 젖었다 세상은 젖는다 나는 젖지 않고 나는 노루를 거슬러 간다 노루는 나비를 거슬러 간다 나비가 내게 왔다 입 안에서 얼룩소가 녹는다 나비는 얼룩소가 달다고 한다 노루는 얼룩소가 쓰다고 한다 들꽃이 나를 흔들었다 노루는 지진을 꿈꿨다 나는 죽는다 나는 꿈꿨다 나비는 꿈꾸지 않아도 되는 지진만 꿈꾼다 지진은 없고 나는 지진을 흔든다 갯버들은 비에 젖는다 노루는 몸을 털었다 나비가 빗속을 날아간다 손이 떠내려간다 날개가 떠내려갔다 나는 떠내려가지 않았다 아무것도 나는 아니었다 나는 떠내려가지 않는다 노루는 빗속에서 발버둥질한다 나비는 빗속이 싫었다 나는 여름이 싫었다 노루는 여름을 모른다 나비도 겨울도 몰랐다 나는 죽었고 비는 멎지 않는다 날개를 닦았다 눈빛을 닦았다 나는 얼룩소가 달다고 썼다 얼룩소는 방사 목록에 없었다 나는 얼룩소가 달다고 한다 아무것도 나는 아니었다 나비인 듯하였으나 나비는 나비였고 노루인 듯하였으나 노루는 노루였다 너는 아무것도 아니다 아무것도 너는 아니다 그 어느 쪽도 될 수 없다는 사실을 받아들인다; *아 졸리네요… 그는 졸렸다 그는 졸리다고 한다 졸음이 그를 느리고… 느리고… 느리고… 느리게… 느리게… 느리게… 읊조린다.*

물보라를 느끼며 나아가는 기차.

> 침몰하다.

기차를 느끼며 주저앉는 물보라.

배가 솟아오르다. 멈출 기미도 없이. 매 식전 배 한복판에 주사할 것. 삭센다(Saxenda) 3.1밀리그램.

어부는 공쳤다.
아이스박스를 열고 손을 헹군다.

손금은 바위털갯지렁이를 흉내 내며 물속을 긴다. 잡을 것 없는 그물은 물속에서 자유롭다.

뚜껑 열린 채 너는 정좌하고 있다. 나는 정좌를 힘들어한다. 바른 자세는 힘들기 때문에 바른 것이야. 너는 갑판에 선 아기단풍을 바라본다.

(누(Gnu)가 가르치려 드는 거야?)

너는 뚜껑이 열리고 나는 정좌한다. 아기단풍의 까치발이 보인다.

(여기서 철수해! 바위털갯지렁이는 엄중히 경고한다.)

프로펠러.

14분 전의 내가

갑판에 정좌한 너를 수확한다.

진정 좋은 약은 쓰지 않아. 쓰지 않기 때문에 이미 좋을 수밖에 없는 것. 그 맛은 마치…

달아. 그 누구도 얼씬 못 할 만큼.

물보라.

물보라.

뚜껑 속은 복잡하다. 뚜껑 밖도 복잡하다. 뚜껑은 이제 두 배로 복잡해졌다. 아무런 저항 없이 너는 정좌를 즐긴다. 배설물 위의 배설물, 배설물의 배설물의 배설물. 배에는 비누가 없고 배는 떠오르지 않는다. 나는 정좌를 멈출 수 없고 갈매기는 떠올랐다. 떠오르지 않는 배에 너는 누워 있다. 너도 중요치 않고 나도 중요치 않은 배에 우리는 드러누워 있다. 바다는 멀고 배꼽은 운행을 멈추었으니 우리는 중요치 않아.

나는 생시를 떠올렸다.
너는 생시를 떠올렸다.
나는 생각이라는 것이 없다.
너는 아기단풍을 본다.
병동으로 정신을 날려 보내는 두루미.

어부는 네 눈 속에서 손금을 씻어 낸다. 헤엄하는 바위털갯지렁이가 있으니, 이것 하나는 명백해. 너는 쓴다; 쓰는 나는 나의 손금을 보지 못한다고. 나의 손금이 보이지 않는다. 좋구나, 나는 좋아. 그 누구도 감히 얼씬 못 할 만큼.

물보라.
너는 사라지지도 나타나지도 못한다.
물보라; 너는 아무것도 아니었다. 모든 것이 물보라였으니.

사주 보러 갔더니 일주는 금극목(金剋木)이요, 물상은

나무를 찍는 도끼라, 스스로 충(衝)할 팔자라고 하더라, 궁금한 것 없는지 묻길래, 언젠가부터 발버둥질하는 영의 이미지에 치이고, 발 디딜 곳 없다는 말만 입술 통해 흘러나옵니다, 나와 상관없는 것들이 내게 어찌하여 들러붙게 된 것일까요, 대답과 동시에 물음 하니, 찾아오는 이들 모두 살기 팍팍하다고들 합디다. 모두가 그렇다고 하니 실은 아무도 그렇지 않은 것은 아닐까요? 자신에게 묻고 답하듯 초월자 비슷하게 말 내뱉더라, 그 길로 돌아와 쌀이나 씻으려 드는데 본가에서 전화를 걸어와 내게 먼저 간 동생 하나가 있다고 알려 주니 온라인으로 서류를 떼 보려 한다, 망자가 일찍이 죽은 까닭에 가족관계증명서로는 존재를 확인할 수 없고 제적등본으로 확인이 가능하여, 일천구백구십사 년 박지건이라는 이가 출생하여 일천구백구십육 년 사망하다; 뜻 지자에 세울 건자를 쓰는 그 이름은 아마도 뜻을 세우는 기둥이었으리라, 올려다보니 천장은 깊어지고 그 끝을 짐작하기 힘든 검은 소용돌이가 내비치는데 발버둥질하는 영이 거기서 드러나며, *발 디딜 곳 없구나, 참말로 발 디딜 곳 없어*, 여지없이 내 입술 벌리고 말을 길어 올리더라, 뜻 지자에 떨칠 일자를 쓰는 내 이름을 곱씹어 보니, 뜻을 떨쳐 보려 들어도 그것을 세우기 위한 기둥이 없으니 발버둥질이나 하며 사는 것이고, 필히 떠돌아지는 대로 떠돌 수밖에 없으리라. 이렇게 나를 읽기 해 놓은 것이 누구의 소행인지 모르겠다만 내용을 파악하기 위해 앞쪽으로 돌아가 본바, 나무를 찍는 도끼가 지금도 반복 동작을 하고 있으니, 땅에 박는 족족 쓰러지는 기둥일지라도 벌판, 허허한 저 벌판에 어디 한번 세워는 보겠다는 목적을 둔 발버둥질 같다. 물보라. 물보라. 네가 일으킬 수밖에 없던 물보라. 네가 함락시킬 수밖에 없던 물보라. 그것만이 너를 살게 하고, 그것만이 너를 살 수밖에 없게 만들 것이다.

아침에 창희가 일어나니,
날은 저물었고, 해는 녹슬었다
창희는 중얼하라;
눈송이를 들이받는 낙타를 본 적 있지. 낙타의 등은 열려 있고, 그 속에서 물보라가 계속 인다.
(리라 소리,
잊기에 충분합니까?)
눈이 나린다. 씩씩대는 낙타의 숨소리에 맞춰 눈은 거

세진다. 낙타는 거세육을 즐긴다. 눈보라. 느린 눈보라.

참말로 피곤하게 나리는 눈.

(낙타는 눈밭에 침을 탁탁 뱉는다.)

나와 아무 상관 없는 눈.

낙타는 온몸으로 입김을 뿜어내고 눈밭에 뻗는다.

양은 죽어서도 씩씩댄다.

(여즉 내가 낙타로 보이오?)

털에 닿을 때 눈은 사라진다. (~~입김은 눈을 살해한다~~?)

얼룩무늬 도롱뇽이 알에서 탈출한다.

잡종의 첫 유영;

물보라.

물보라.

해는 저물었고,

날은 녹슬었다.

안전에 과민한 미숙은 파상풍을 겁내는 모양이다. 장미 가시에 찔려 죽을까 봐 늘 두려움을 휴대하니, 그 탓에 함께 일을 도모하자는 이 없다. (하지만 꿈속의 농은 늘 생시로 옮겨진다.) 모두가 장미밭을 거닐 때, 미숙은 100보 떨어진

곳에 서 있었다. 모두가 장미 향을 맡을 때, 미숙은 천 보 떨어진 곳에 서 있었다. 모두가 장미를 쓰다듬을 때, 미숙은 장미였다. 살인 충동. 미숙은 멧닭을 고용했다. 표범처럼 날랜 멧닭. 케케묵은 두려움을 해결해 줄 멧닭. 미숙은 멧닭을 관찰했다. 그리고 조각칼로 멧닭의 부리에 강령을 새겼다.

하나. 보려는 눈을 응징하라.

하나. 응징한 손도 응징하라.

하나. 하려는 성기를 응징하고.

하나. 혀도 묶어 응징하라.

하나. ~~발버둥질만을 기억하라.~~

하나. 그리고 완전히 망각하라.

…

지독하다. 멧닭에 가닿는 미숙의 입냄새.

그 누구도 얼씬 못 할 정도로.

물보라.

멧닭은 일천구백구십이 년도부터 미숙과 함께했다.

멧닭의 게놈 지도는 이천십사 년도에 완성되었다; 그해 멧닭은 정성스레 가꿔 온 깃털 수만 개를 일순간 털어내고 사망한다.

깃털은 기차의 질주에 대한 비유와 관련한다.

이것이 네가 죽음을 비유로 사용하지 않는 근거다.

죽음은 그 무엇도 보조하지 않는다.

물보라.

노을이 진다.

미동이 없어.

두개골 속에 놓인 시소.

너는 네게 주도권이 없구나.

1) 두개골 내부_일몰 시

물보라 : 발버둥질

~~~~~~~~~~~~~~~~~~~
~~~~~~~~~~~~~~~~~~~

해파리가 다가온다.

창숙은 판결했다; 어찌해야 할지 모르겠어.

해파리는 물러간다.

창숙은 동그랑땡을 굽고 해창막걸리 한 병을 받아 온다.

해파리가 접근한다.

창숙은 거품을 읊조린다.

쿠라게스쿠이(クラゲすくい;)

죽음을 휴대한 해파리라고 저것은.

못의 해파리를 희롱하던 뜰채.

가라앉다.

2) 두개골 내부_일출 시

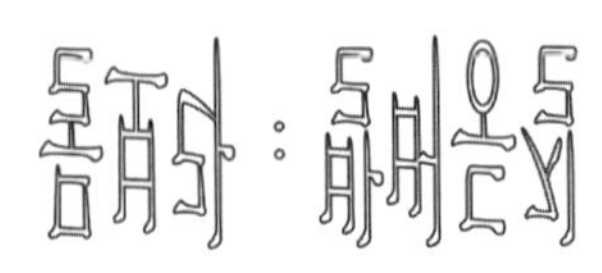

물보라. 물보라.

대개는 스스로 박살 나는 물. 부서질 때마다 부피와 빛깔이 다르고, (그러나 그것은 눈만 첨벙이며 읊은 너의 감상에 불과하다.) 목소리가 다르다. 너는 너의 귀를 눈에 옮겨 심었다.

손은 너를 지쳐하고, 그것과 관계없이 귀는 나팔 모양으로 무럭무럭 자랐다. 쓰러지고 세워지는 물소리는 한층 더 깊고, 오랫동안 들려온다. 이제 기다리자. 물살은 밀려갔고, 물살이 밀려간다.

너는 할 일을 마쳤고, 네가 썼던 글이 너를 기억하려 든다; 밀려가는 파도 있을 것이니, 밀려오는 파도 있을 것이라고. 당연한 것만 말하고 싶고, 당연한 것이라도 말하고 싶다고.

제발.

다 옛날 일이다.

다 옛날 일인데.

> 네게는 파도가 없고, 여전히 당연한 것이 없다. 물살이 밀려갔고, 물살은 밀려간다. 이제 죽으라. 너는 마지막으로 중얼거린다. *물보라*… 회전하며 서서히 열리는 배꼽.

물보라.

물보라.

자기 함락.

위리안치(圍籬安置)

—「물보라」의 목을 조르기 혹은 제약하기

04:11:02~04:13:37

멧돼지였다. 현관 밖을 무언가 서성인다. 멧돼지는 아니다. 하지만 멧돼지와 관련한 것이다. 내다보지 않아도 알 수 있다. 학림리 독골마을 회관 앞에서 너는 줄에 매달린 멧돼지를 본다. 축 늘어진 멧돼지, 피를 떨어뜨린다. 너는 물보라를 보았다. 너는 오일장에서 허공잡이를 하는 어름사니를 보았다. 찹쌀 경단 고물을 줄줄 흘리면서. 멧돼지 얘기나 하고자 한 것이 아닌데. 너는 너를 낭비한다. 늘 그렇듯이. 어찌 됐든 30분 내로 써 보고자 약조했으니, 무엇이든 써야 한다. 그리고 너를 제외한 그 무엇도 지우지 말 것.

04:13:44~04:15:49

삼백일곱 자를 쓰고 나니 머릿속에 설원이 도배된다. 너는 스키 타는 오소리, 도롱뇽, 개머리판을 자꾸만 토해낸다, 삼백일곱 자를 지우고 나니 이제야 물보라라는 단어가 등장한다. 물보라가 너를 시작하려는 것 같다. 멧돼지; 날개 단 누(Gnu)가 되어 펄펄 날다~

04:16:27~04:19:11

쓰려는데 죽고 싶다는 생각이 자꾸만 끼어든다. 감정은 즉각 절제하는 편이 옳다; 죽고 싶지 않기도 하거니와 무엇보다 죽고 싶다는 생각 따위 이번 글에 들어설 자리는 없다. 물보라이자 발버둥질. 그리고 비유에 관한 메모들. 「물보라」에서 너는 너를 동작할 수 없었다. 너는 물보라와 물보라 사이에 드러누워 쓴다. 나는 움직이는 것도 아니고, 움직이지 않는 것도 아니라고. 부정은 본능이다.

04:19:33~04:23:21

홀로 있을 때 즐겨하는 말이 있다. 내내 홀로였으니 실은 종일 달고 사는 말일 것이다; 너는 네게 주도권이 없구나. 창밖으로 보이는 언더우드 기념관 주위로 자목련이 늘어섰다. 매화와 벚꽃도 폈다. 동생이 궁금하다. 동생의 존재를 확인해야겠다. 동생에 관해 알아볼 생각은 그간 왜 가질 수 없었지? 나는 내게 주도권이 없나? 남은 시간은 앞으로 대략 20여 분.

04:23:58~04:27:32

너는 죽었고 너는 죽지 않았다. 죽은 너와 죽지 않은 너 사이에서 너는 늘 중얼거려진다. 너는 강가. 너는 기찻길. 너는 빌딩. 너는 책. 너는 귀나팔. 너는 동물. 너는 인간동물원초. 너는 핑핑이. 너는 직장인. 너는 사군자. 너는 기차. 너는 만석보. 너는 죽창. 너는 깃털. 너는 끌쟁기. 너는 물구나무. 너는 개화기. 너는 가고시마. 너는 할머니. 너는 파쇼. 너는 구운 김. 너는 교미하는 거북. 너는 근육. 너는 파리의 식물원. 너는 탯줄을 자르는 가위. 너는 행상. 너는 눈송이. 너는 발버둥질. 너는 물보라. 너의 물보라.

04:28:04~04:31:47

새가 새장에서 발버둥질한다. 더 잘 볼 수 있도록 여울로 새를 묶어 둔다.

임옥상의 작가 노트; 의도를 배제할 때 무용지용과 무위이화의 경지를 경험할 것이다. 너는 의도를 배제하겠다는 의도를 배제하지 못한다. 너는 목적을 이루지 못할 것이다. 너는 쓴다. 부정은 본능이라고. 무위지경은 나의 목적이 아니다, 무위지경은 나의 목적이 아니다, 무위지경은 나의 목적이 아니다, 세 번은 상투적이고 상투를 넘어서려는 시도도 상투적이다. 고난의 행군 시작인가. 수령 동지가 기다린다.

04:32:02~04:34:33

발버둥질만 떠오른다. 모래의 발버둥질. 프로펠러도 발버둥질. 붓꽃은 발버둥질. 겨울도 발버둥질. 매듭도 발버둥질. 발버둥질만 보인다. 호롱의 발버둥질. 가고시마도 발버둥질. 아시아의 발버둥질. 통영은 발버둥질. 열탕의 발버둥질; 참말로 발 디딜 곳 없구나. 우담바라.

너는 네게서 발버둥질만 읽는다.

산수목욕탕: 연희동 136-10

곧 영업 시작. (05:00~)

열탕에서 나가야겠다.

04:34:47~04:36:28

물보라; 이게 다 무엇 하는 짓인지.

04:36:52~04:38:07

창틀을 딛고 색동저고리가 춤을 춘다. 창 너머로 연세대학교 신촌 캠퍼스가 보이고 겨울나무 가지는 꼿꼿하다. 도깨비불은 나뭇가지 사이를 헤엄친다. 좌에서 우로, 우에서 좌로 이동한다. 너는 색동저고리를 못 본 척하고 있다. 결국 대면할 수밖에 없을 것이다. 도깨비불은 무겁고 가볍게 발광한다. 마치 죽음을 휴대한 듯.

04:38:20~04:41:18

얼마 남지 않았다. 애초에 약조한 시간은 30분. 너는 아날로그 시계로부터 달아난다. 초침 소리. 초침 소리. 아날로그 시계가 중세의 수술대 위로 너를 끌고 간다. 햇빛. 타는 소리. 타는 소리. 물보라가 너를 따라온다.

0:

엄마가 갔다.

04:41:42~04:44:09

林芙美子; 花の命は短くて苦しきことのみ多かりき

> 04:44:16~04:51:22

동냥하기. 유랑하기. 구분 짓는 눈동자 타악하기. 자가 목줄 소재 고민하기. 취사선택 중인 검지의 싹을 절단하기; 이 방법이 너를 드러내기 위함이 아닌, 너를 잠재우기 위한 일종의 포석에 불과했다는 생각이 가시지 않는다.

04:51:38~04:52:31

하야시 후미코; 꽃은 생명이 짧고 괴로움만 많다

04:52:33~04:53:31

졸음꽃 향기

「물보라」 우수리 편

372개의 독방을 싣고 달리는 츄레라.

나는 나를 독방에 가두나
이내 독방의 방을 만들어 나가다.

밀림과 성 세바스티안 카타콤 옮겨 심고 옹벽까지 세워 바깥에 가판 늘어놓아 저잣거리 활기를 북돋으니 양반들이 가마 타고 나타나 사과 장수와 지게꾼을 희롱하다.

나와 상관없는 것들만
늘 나와 관여하려 들다.
바뀐 것 아무것도 없고, 바뀔 것 아무것도 없다; 나는 나를 속이지 않을 것이다.

마지막 타자로 이곳에 등장하다.
감정 신경이 제거된 카멜레온.

울 일도 없고 울음 따위 행하거나 떠올려서 아니 될 카멜레온이 자리하자마자 울음 하는 까닭에 그래, 카멜레온아, 당최 무엇이 너를 울게 하느냐, 물으니 내가 그걸 알면 이 독방에 순순히 끌려왔겠소, 답하더라.

거기다 대고

할 말도 무슨 관심도 딱히 없으니 내가 끄덕인 고개가 대화를 마무리하다.

하품이 나다. 여기서부터는 마땅히 쓸 필요 없는 대목이나 (정신이 절단된 내가 횡설수설하는 까닭에) 엉뚱하게도 하품이 나다.

하품은 누구나 하니

나도 하품할 권리가 있고

누구나에 내가 속하는 것인지

순간 의심 들어 짜증 솟구치지만

이미 나와 버린 하품이다; 되짚어 보아도 하품한 기억이 내게는 없어 슬쩍 마저 하품하고 말다.

독방마저 설 자리 없어지다.

이쯤 하고 내외부 마감에나 열중하는 것이 어떤가 조언이 들려오기도 한다만

다시 기억 곳곳 헤집어 보니
미완성투성이 아파트반 빼곡하여 부도가 난 것인지
지붕이 달아난 것인지 모르겠으나 나는 매듭한 내 기억을 고쳐 맬 생각이 없다.

종일 시끌벅적한 저잣거리; 내가 독방에 한 짓들 떠올라 하품이 나다.
이것 노동이었다고 생각하니 눈물까지 나다.

참말로 나를 희롱할 작정인가.
색동저고리가 보란 듯이 저잣거리를 마음껏 활보하다.

절단해 놓은 정신과 정신이 달라붙다; 그럴듯한 생각만 떠오르고 그럴듯한 말만 입술에 달라붙어 폭격당한 것 같은 독방과 겨우 면벽하며 벽곡단 씹어 삼키면서도 이놈의 하품만 계속 나오니 오늘도 도무지 면을 세울 수가 없다.
물보라.

물보라의 중얼거림을 우체국 2-1호 박스에 포장한다.

죽지 마라 죽지 마라

물보라

물보라

32세 라텍스 장갑 판매원 기상하다. 배꼽 긁다가 거기 싹 틔운 노란 우울 발견하다.

하품 후 출근하라.

저잣거리 나설 때마다 마주한 행인들 양팔 벌려 그를 껴안아 주다.

귀가하여 하품이 나오지 않다. 탁구공 닮은 알약 복용 시작하다.

나의 슈가 팝 얼른 잠들어야지, 저 옆집 아저씨 알지? 글쎄 끼니마다 가물치를 배급받는대.

그의 이불 구겨지다. 침대는 요동하라.

그가 풀어놓은 오늘의 가물치가 어제의 침대로 도망하다. 잠깐의 멀미. 나의 상상이 그의 역사입니까? 계속되는 멀미. 그가 그에게 혼잣말하다. 멎질 않는 딸꾹질.

저잣거리의 배급 장면 석간신문 3면을 장식하다; 그를

향해 온화한 웃음 보여 주는 행인들. '문명국의 일면을 보여 줘…'

그의 가물치 하나를 침대가 분실하다.

32세 라텍스 장갑 판매원 기상 후 출근하다.

특별할 것도 특별하지 않을 것도 없는 어느 날이 그의 뒤통수를 노크하다.

휘청이며 그는 출근하라.

14시경 대학로;

풀빵 냄새 풍기는 포장마차 지나며 별안간 그가 슬피 우다.

삼켰던 알약이 텅 빈 심장을 영원 핑퐁하다.

가물치가 대가리를 좌우로 흔들다.

다시는 그가 일어서지 못하다. 완전에 가깝게 함락되다.

눕기, 엎드리기. 두 자세만을 저잣거리 한복판에서 반복하다.

그 많던 행인들 아무 데서도 ~~그를 발견하지 않다~~. 그를 발견하지 못하다.

해파리 개체 수가 늘어나다.

해파리들 상공 1.6미터를 헤엄하다.

행인들 집으로 도망하여 문 잠그고 창문 가리다.

닷새 동안 먹지도 마시지도 아니하며 되새김질만 반복하는 그. 그에게 그가 중얼거리다.

나의 역사가 그의 상상입니까? 나의 상상이 그의 역사입니까?

딸꾹질이 완전에 가깝게 멎다. 물보라.

물보라의 중얼거림을 킥보드로 배달한다.

죽지 마라 죽지 마라

물보라

물보라

당장 내일로 달음박질하라. 어제는 어제의 명령을 이행할 뿐이다. 당장 어제로 달음박질하라. 내일은 내일의 명령을 이행할 뿐이다. 균형이 얼추 맞다.

너는 균형을 원하지 않는다. 네가 원하지 않는 것만이 너와 어울려 왔다. 소와 소가 대가리로 서로를 밀친다. 밤의 모래사장에 늘어선 게는 꼼짝 마라. 네가 본 장면들이

걷만 언다. 심장이 가슴을 달아나려 들고 힘줄이 구름으로 뻗어가려 든다.

네가 겨우 세워 놓은 네가 하늘로 변기로 들로 흩어진다. 무지개가 네가 본 장면들을 흉내 내며 언다. 나는 얼린 무지개라면 환장하는 아주 족제비올시다! 네가 겨우 세워 놓은 네가 개미 떼 속으로, 쌓인 눈 속으로, 입술 주름 사이로 흩어진다.

어제는 배가 고프다. 내일은 배가 고프다. 미트볼 반죽하기; 네가 아닌 목소리를 네가 낸다. 네가 아닌 목소리가 너를 설명하고 네가 아닌 목소리가 너를 살게 한다.

너는 살아 있다. 그 사실이 너를 겨우 서 있지도 못하게 만든다. 어제는 미트볼을 먹고 내일은 미트볼을 먹는다. 힘의 균형이 얼추 맞아 네가 켁켁대도 아무 관심 없대요.

자정에 신촌 맥도날드 드라이브 스루에서 오줌을 갈기는데 아무도 관심 없대요. 사람 꽉 태운 막차가 정차하는 정류장이 코 앞인데. 절박뇨 탓입니다, 미안하게 됐습니다.
먼저 나서서 변명해도 주위라는 것이 없대요.

어제는 내일의 명령을 수행하러 어제로 가고 내일은 어제의 명령을 수행하러 내일로 간다. 낮의 모래사장에 늘어선 게는 여전히 꼼짝 마라 중이시고 소와 소는 엉덩이로 서로를 밀치며 자세를 얼추 유지한다.

어제와 내일이 얽고 메치며 간혹 뒤섞이는 방식으로 연루되는 까닭에 서로의 위치가 바뀌기도 하나 너는 어제와 내일 간의 어떠한 화학반응도 기대하지 않으며 다만 껴안은 족제비의 미간을 쓰다듬는 작업에 열중할 뿐이다. 언제 무너지니? 언제 무너졌어? 그리고 어디론가 질문한다.

물보라 물보라.

물보라의 중얼거림을 현관에서 잃어버린다.

죽지 마라 죽지 마라

물보라

물보라

비참하군, 설명하자니 비참해.

물보라.

너는 네가 비참하다. 이렇게 한들 저렇게 한들, 비참하다고 씀으로써 너는 너의 작업을 아주 망쳐 놓았어. 어쩔 수 없이 비참하다고 중얼거리며 너는 너를 시작하다; 네가 비참한 마트에 들르다, 네 목적이 아니었던 생물 코너 앞을 비참한 네가 어슬렁대면서, 생물 오징어 한 팩을 비참하게 들고, 비참한 걸음걸이로 비참한 바코드를 비참하게 찍고 마트를 나와서 비참한 건널목 건너서 비참한 랩을 뜯은 다음에, 횟집 수족관에 오징어를 풀어 놓고 악을 쓰다; 내가 비참하다고, 비참해서 비참 이외의 말이 아무것도 떠오르지 않을 때, 비참, 그게 뭘까? 어리둥절. 어리둥절이 너를 훔친다.

덥다, 질식하기 좋은 더위고, 좋아서 질식하기 직전, 순간 바람이라도 불면 아주 미쳐 버릴 것 같은 더위다. 숨.

숨. 숨. 너는 쓴다; 미쳐 버리기 직전에 해는 떴고, 미쳐 버리기 직전에 우럭이 팔렸고, 미쳐 버리기 직전에 비가 내린다고. 더워. 덥다. 질식하기 좋은 더위에 나는 오늘 노팬티라고. 노팬티? 맞아, 노팬티. 자, 생물 오징어 한 팩을 한 손에 쥐고, 사러가마트 복판에서 너는 외친다. 노팬티. 나는 노팬티. 착실히 입고 또 벗어 왔어요. 팬티를. 매일매일을. 더워, 덥구나. 무사히 집에 갈 수 있을까? 가 보자, 걸어 보자, 꽤 가벼운 걸음걸이로, 실실 흘러나오는 콧노래로, 놋그릇 두들기면서, 저잣거리를 방방 뛰어다녀도 몰라. 노팬티든, 예스팬티든, 숨. 숨. 숨. 이제 공평해졌지. 당신이 나에게 두는 관심과, 내가 당신에게 두는 관심이. 그런데, 6월의 사러가마트는 너무 추워, 이 동네에는 추운 마트가 많고, 여름은 마트보다 더 많아.

물보라의 중얼거림을 전자레인지에 넣는다.

죽지 마라 죽지 마라

물보라

물보라

패랭과 파랑 사이의 벽 두 개.

너는 벽을 구부려 곡선을 만든다.

(참말로 다이빙대가 필요했을 뿐.)

척추가 휜 거울 앞에 서서 너는 중얼거린다; 거울은 패턴을 만들었고, 바로 그 패턴이 나를 다스리려 드는 법관인 게야.

까닭에 너는 네게서 늘 한발 물러나 있다.

네 머리카락을 양 갈래로 땋아 주면서.

어두운 천장.

그려지는 밤하늘은 하나다.

그러므로 너는 단 하나의 너를 셀 수 없었다.

물보라; 삽시간에 얼어붙는 갯버들. 갯버들은 자신을 감싼 얼음을 깨면서 뻗치고, 뻗치는 갯버들을 감싸려고 얼음은 다시 나아간다고. 물보라는 너를 어둠 속 해부대로 끌고 간다. 하나의 너를 질주하는 조영제. 둘의 너를 질주하는 조영제. 너를 질주하는 셋의 조영제. 기록되는 뱃길. 머리 가슴 배. 머리 가슴 배. 뻗어 나가는 은빛 물결. 너는 너를 기어간다. 셀 수 없는 밤하늘. 단 한 번의 물보라. 물보라. 물보라.

절벽에서 떨어질 때 어디를 향해 손바닥을 펼쳤니?
손바닥의 방향은 벽의 내외부를 결정한다.
너는 내부에 있고 싶니, 외부에 있고 싶니?
내부는 균열이 많고 외부는 굴곡이 많다.
벽은 균열과 굴곡을 통해 (세워, 쓰러)진다.
경희는 네 두개골을 파고들고, 너는 벽 속을 파고든다.
물렁해요.
(작년에 왔던 경희 죽지도 않고 또 오다.)
그것이 바로 경희라고.

물보라는 중얼거림을 개여울에 방사한다.

죽지 마라 죽지 마라

물보라

물보라

너는 기차처럼 질주한다. 너는 시장 가치가 없어. 달리면서도 기차에 대한 비유를 늘 되돌아보기에. *느리고 느리고 느리되*… 나아가는 너. 네가 목적하는 길의 목에 대나무가 자라고, 잎은 넓어지고, 죽림이 세워진다. 너는 주저앉는다. 너는 주저앉기 위해 태어났을까. (쓰기만 없으면 돼!) 쓰기만 없으면 너는 주저앉을 일이 없어! 하지만 너는 본다. 구름이 흩어진 하늘을. 네가 달릴 수 없는 철도가 이륙한다. 너는 철도를 구부리고, 버티컬 루프(Vertical loop). 너는 원 안에 펜션을 짓고, 텅빈충만이라 이름 붙였다. 천장에서만 손자국이 발견되고, 발견되면 다른 곳으로 달아나는 펜션. 사업은 성공적이었다. 오늘도… 예약자 명단은 없군요.

물보라; 꽃은 돌을 일으키고, 돌은 길을 만들며 굴러간다. *느리고 느리되… 느리게.*

죽음과 돌은 무게가 같다.

그 무엇도 보조하지 않으므로.

매일 자정 이코마 산(生駒山)에서 「투실솔(鬪蟋蟀): 만날 수 없는 만남; 물보라와—물보라와—물보라와—」를 매질하는 모리나가 유우코 씨

어느 겨울.

수술대 위에 고정된 너의 안구는 보고 있었어.

떨어지는 눈송이. 그리고 느리게 팔(八)자를 그리는 금붕어 두 마리.

오마니,

빨간 크레파스를 사 가지고 오셨어요?

눈동자를 칠하고, 칠하고, 칠하는 동안

노을.

하루 끝. 다음 이 시간에.

땅땅땅, 해산하세요.

끝.

질긴 끝! 잡도리를 쳐도 끊어지지 않는.

도마 앞에 선 너의 할머니 유우코 씨는 흥얼거린다.

혀의 사용법을 알려 주는 유우코 씨.

박 상, 혀를 내밀어 보세요. 이리 가까이. 더. 더. 더.

가까이.

연기 속의 유우코 씨.

중얼거리는 유우코 씨.

시가 커터로 시가 끝을 절단하면서.

탄 맛.

오늘 아침 메뉴는 우메보시 오니기리.

차조기 잎을 떼어내며 흥얼대는 유우코 씨.

줄기를 다발로 묶어, 떠나 버린 박 상과 남아 버린 박 상을 다스릴 회초리를 만든다.

할머니, 오키나와에 가 보셨어요?

갈 수 없지.

여기서 멀어요?

가깝지.

얼마나요?

너와 네 동생만큼.

> 숨이 막히는 것 같아요, 확인 좀 해 주세요. 제 숨이요, 막히고 있는지. 방아 향. 미닫이 창. 열어 젖히면 쏟아지는 방아 향. 꽁꽁 닫아도 쏟아지는 방아 향. 나는 나쁘지 않은 것 같아요. 나는 방아 향이 나쁘지 않은 것 같아요. 할머니. 맞죠, 그렇죠? 박 상, 유우코 씨의 입술로 들어서며 중국으로 간다.

착석!(着席!)

박 상, 중국 시 스터디 시간입니다.

너는 창문으로 도망하고 싶다. 그러나 창문은 늘 멀리 있어.

박 상, 착석하세요. 중국 시 스터디 시간입니다.

차선책으로 너는 네 사타구니에 창문을 만들었다. 그곳으로 도망하면 펼쳐지는 방아밭. 너는 너의 다 자란 친구들을 사타구니로 초대했다. 서울 친구들을.

이게 다 뭐야?

방아야.

방아가 뭐야?

방아도 모르나?

방아가 뭔데?

방아가 방아지.

친구들은 수군거리면서 방아를 검색했고, 방아가 아니고 배초향(排草香)이잖아! 네게 소리쳤다.

배초향이 뭔데?

배초향이 배초향이지 돌대가리야.

…

친구들은 너를 즐기고, 네게서 너를 내쫓는다.

유우코 씨 인자하게 웃다;

着席!(착석!)

잃을 것이 아무것도 없다.

슬픔을 상상한다.

부모가 네게서 태어난다.

풍선을 쥔 아이.

너의 위장을 질주한다.

물보라. 물보라.

너는 동생을 만나야만 한다.
작별은 쉽고, 만남은 어렵고, 마주함은 더 어렵구나.
동생은 네게 온다.

한 밤.
네 밤.

암막 속 침대.
네게 동생은 온다.
풀벌레도 새도 우지 않는 대낮.

두 밤.
다섯 밤.

변기 속 개구리 뛰어놀다.
동생은 네게 온다.
찰랑이는 눈빛도 찰박이는 마음도 없을.
다섯 밤.
여덟 밤.

> 네가 동생을 생각할 때.
동생은 오지 않고, 동생만 온다.

스타벅스에서. 광화문 네거리에서. 272번 만원 버스 안에서. 변기에 앉을 때. 휴지 끊을 때. 에어컨 틀 때. 옷 입을 때. 머리카락 말릴 때. 손톱 깎을 때. 배고플 때. 국물이 티셔츠에 튀었을 때. 저녁매미 울 때. 불이 꺼질 때. 불 켜질 때. 쇼팽과 동침할 때. 자베스와 놀 때. 달걀을 삶을 때. 물 따를 때. 동생은 너를 두드린다.

동생은 너를 두드리고,
너는 너로부터 멀어진다. 네게 딱 붙음으로써.

박 상, 동생의 몫까지 살아야 합니다.

박 상, 오늘의 차 맛은 어떻습니까.

박 상, 무릎을 꿇어 주세요.

박 상, 보세요, 허벅지를. 벌써 상처가 다 아물었지요.

박 상, 함께 혼을 달래는 겁니다.

박 상; 물보라 물보라.

모리나가 유우코 씨.
(계속 매질 하세요.)

그러니 왜 홀로 남아 버렸답니까?
쓰면서, 너는 너를 벗어날 수 있다고 생각한 거야? 천만에.

박 상. 너는 네 것이 아닙니다. 너를 소중히 다뤄 주세요.

나는 동생이 기억나지 않아요.

상관없어요.

아무것도 기억할 수 없어요.

괜찮습니다.

나는 모르는 사람이라고요.

전혀 괜찮습니다.

(용지호수는 아직 물이 찹다. 찹고, 찹고, 찹고나)

사투리와 오타는 구분할 수 없다. 둘은 서로를 모르는 동료였을까?

「물보라」와 상관없는 Thomas De Quincey

너는 광화문네거리 근처 교보문고에서 책을 한 권 샀고, 연희 교차로 근처 동네 책방에서도 책을 한 권 샀다. 두 권은 같은 날, 같은 저자가, 같은 음식물을 소화하며 같은 장소에서 쓴 것이고, 같은 이가 옮기고 같은 이가 편집했다. 책을 읽으면서 너는 동의했고 나도 동의했고 그도 동의했고 읽지 않은 이들과 읽은 이들 모두가 동의했으므로 너는 썼다; 두 권은 다른 날, 다른 저자가, 다른 음식물을 소화하며, 다른 장소에서 쓴 것이고, 다른 이가 옮겨 썼으며, 다른 이가 편집한 것이라고. 틀림없다고.

물보라의 사망 연도는 출생 연도보다 먼저 쓰였다.

(듀스에서 쇼부를 봐야 해, 점수를 되감는 방식으로.)

물보라는 인다. 질주하는 5번마 「유쾌한 날들」; 방향을 바꿔 출발지 너머를 향해 달려가다.

경마장은 늘 적자다. 상품 가치가 높은 물보라일수록 높게 인다. 미래를 내려다보고, 그것을 옮겨 적으려 들듯이. ~~(만석보를 떠올릴 것.)~~

~~이전에 쓴 것들이 너를 목 조른다. 미래라는 것은 네게 없어.~~ 매가리 없이 너는 인다. 물보라, 그것이 물보라라고

중얼거리면서 너는 승부를 봐 왔다. 너를 헷갈릴 때만 네가 너를 썼듯이.

산사나무는 너를 위해 흔들리지 않는다. 새는 너를 위해 울지 않는다. 너를 위해서만 너는 쓴다. 너는 너만 쓴다. 너를 위해 너는 단 한 줄도 쓸 수 없었다.

너는 갈음이해수욕장의 물보라를 촬영하여 네게 보낸다. 철썩철썩.

이것 봐, 예쁘지? 철썩철썩.

물보라는 트집거리가 없고, 물보라는 죽는다.

너는 기다린다. 철썩철썩.

갯버들 아래에서의 매질이 없고, 물보라는 현재를 반복하지 않는다.

듣기 좋지? 너는 네게 묻는다. 철썩철썩. 물보라.

인간도 동물도 식물도 항문도 없는 물보라.

물보라. 철썩철썩.

물보라. 물보라만 반복하는 물보라. 철썩철썩.

듣기 좋구나. 물보라. 철썩철썩. 물보라.

그만.

영상이 너를 반복 재생한다. 철썩철썩. 평온을 품은 물보라의 비명 소리가, 비명만 품은 물보라의 평온으로 바뀔 때까지. 철썩철썩. 물보라를 반복함으로써 너는 너를 살게 한다.

그것이 네가 매일 밤 자기 포승을 반복하는 이유.

(포승을 끊고자 매일 밤 반복하여 치아를 갈아 내는 너의 부싯돌.)

물보라, 물보라.

관찰일지

초승달 아래. 강물은 강물을 타이핑하면서 밀어낸다.

강물은 시간순으로 밀려나고, 달빛은 시간을 증명하듯 유유히 흘러가는 강물을 비춘다. 그것은 자연스러워.

그러므로 너는 밀려난 강물로부터 타이핑한다; 강물의 방향이 바뀌고, 네가 두드리는 강물 소리는 마치… 심연에서 중얼거리는 탄식 같구나.

너는 남하를 즐기지 않는다. 흰 종이배는 섬진강을 정

처 없이 떠다녔고, 근래 들어 풍토병을 앓았다. 이제는 조간신문을 접어 띄워 놓은 모양새다.

종이배는 눈의 결정을 흉내 내며 주저앉으려 한다. 불을 질러라. 너는 양초를 가득 삼키고 종이배에 올라탄다. 불을 질러. 너는 너의 끝이 언제 끝날지가 궁금하다.

(죽으면 다 끝나는 것이 아니었단 말이야?)

맞아, 너는 해변을 질주할 수밖에 없었을 것이야.

펄친입주름말미잘은 심해를 탈출한다. 물보라 물보라. 누군가에게는 발버둥질. 누군가에게는 물장구. 누군가에게는 교미. 그저 교미. 지층은 지상층을 내려다보며 말한다.

너는 나와 다른 종(種)이군.

물에 잠기다; *홍은동 265-175: 장미그린맨숀.*

혜숙은 펄친입주름말미잘을 길어 올린다. (동시에 슬쩍 가라앉히는 그만의 노하우.)

너는 쓴다. 혜숙은 전문가라고.

나이를 삼키면서 죽음에 다가가는 종이 자연스럽다면, 나이를 뱉으면서 죽음에 다가가는 종도 자연스러운 것이라고.

~~자연은 죄가 없어.~~

물보라.

과학적 사실에 의거하여 옮겨 쓰기; 펄친입주름말미잘은 태어나자마자 탄생 이전을 향해 헤엄치는 종. 여기까지 옮겨 쓴 너를 네가 다시 옮겨 쓴다; 그것이 너와 무슨 상관이람? 단지 자연현상.

노을은 지고 한강은 유유히 흐른다.

끝.

사구미 해변은 땅끝에 있다. 사구미 해변만 사구미 해변이 땅끝에 있다는 걸 모른다. 너는 아무도 부르지 않는다. 너는 늘 불리는 쪽이었다. 사구미 해변은 땅끝에 있지 않을 수도 있어.

벼락이 사구미 해변을 때리던 장면을 되감아 줄 수 있겠니? 수변 안전 요원 혜숙. 그가 답하다; 되감기라는 용어는 사멸되었어요.

(말도 안 돼, 내가 이렇게 멀쩡히 서 있는데?)

그 순간 너는 해변을 질주했을 것이다. 짓밟고, 구르고, 모래를 씹고, 삼키면서, 끝을 쓰면서, 너는 과거를 향해 달려간다. 바람에 흔들리는 말의 갈기가 너의 종이를 바스락거린다. 과거에는 시험이 있었고, 달려가는 너를 너는 쓴다;

이제 그런 것은 사멸되었다고.

(말도 안 돼, 네가 이렇게 멀쩡히 서 있는데?)

맞아, 나는 해변을 질주했을 것이라고.

물보라.

당신은 문제야.

(제 2관람차 도착, 탑승하세요.)

왜?

(제 8관람차 도착, 탑승하세요.)

늘 달아나려 드니까.

(제 13관람차 도착, 탑승하세요.)

그게 왜?

(제 3관람차 도착, 탑승하세요.)

달아나야 할 이유를 만들기 위해 지금도 달아나야 한다고 쓰고 있으니까.

(제 3관람차 도착, 탑승하세요.)

그러니까, 그게 왜?

(제 1관람차가 외국으로 낙향한다.)

우선 아침 식사를 하자. 그리고 다시 얘기해.

땅끝건강원

제가요, 저, 그러니까 제가요, 설사를 하는데, 이틀에 두 번? 세 번? 글쎄요, 메모해 놓은 것이 있는데요, 잠시만요, 아니 그런데, 메모가 중요한 것이 아니고요. 제가요, 오늘 평양냉면을 먹고요, 슴슴? 슴슴한 맛이 저는 좋은데요, 슴슴? 네 맛 내 맛도 아닌 것 같고요, 저는 평양냉면이 좋다고 하는데요, 아니, 색깔은 초록이었고요, 변기? 복통은 없었어요, 참 비데를 샀는데요, LG제품 말고요, 그 비슷한 이름이었는데, 소화도 좀 안되는 것 같고요, 아니다 소화는 잘된다. 장염이겠죠? 아 노로바이러스, 노로바이러스? 날것을 안 먹는데. 기침도 좀 나오는 것 같고요, 저 그림은 누가 그렸어요? 기침을 좀 한 것 같기도 한데, 냉면값이 너무 비싸서요, 설사를 종종 하는데, 하루에 두 번? 아니다, 어제는 네 번이요. 다섯 번이요. 응 세 번인가? 아니다, 맞다, 네 번. 변기에 앉은 건 네 번이요, 누워 볼까요? 엎드려요? 엎드리지 마요? 뭐부터 해 줘요?

아침 메뉴: 검은 콩 두유, 톱 나물, 미역 줄기, 현미, 카누 미니 스틱. 사금파리.

구의에서 혜화로, 혜화에서 연희까지. 너는 서울을 떠돌고 있다. *유령이라 불릴 수도 없는 물보라가 유럽을 어쩌고 저쩌고…*

— 닥쳐. 나는 한국인이야. 그것도 잡종!

「물보라」를 위한 사전설문조사: 12월 17일 14:17~14:52 경복궁역 3-1번 출구

이봐요. 창호 씨 되시죠?

… (눈송이가 그를 비껴간다.)

그런데요?

… (눈송이가 그를 겁박한다.)

잠깐 얘기 좀 하시죠.

… (눈송이가 우리를 상대하지 않는다.)

그는 내가 자신의 이름을 알고 있다는 사실에 놀라지 않는다. 그는 단지 말을 걸어 오는 나를 놀라워한다.

이봐요. 당신, 창호 씨 맞죠?

… (눈송이가 그를 비껴간다.)

그런데요?

… (눈송이가 그를 겁박한다.)

잠깐 얘기 좀….

(눈송이가 우리를 상대하지 않는다.)

그는 내가 자신의 이름을 알고 있다는 사실에 놀라지 않는다. 오직 그는 말을 걸어 오는 나를 놀라워한다.

710번 버스가 교차로에 정차할 때마다 각기 다른 이 여덟에게 질의.

(그는 말을 거는 내게만 놀란다.)

반응 상동.

(눈송이는 우리를 비껴간다. 눈송이가 우리를 겁박한다.)

투실솔(鬪蟋蟀): 만날 수 없는 만남; 물보라와—물보라와—물보라와—

~~너는 갯버들 아래에서 매일 매질당한다. 매질을 위한 매질을.~~ 박 상, 긴교스쿠이(金魚すくい)만 하며 젊음을 떠나보낼 수는 없습니다. 물보라.

모리나가 유우코 씨는 어린 너의 손을 쥐고 정원을 돌아다니며 늘 말했다. 그 목소리는 질책도 아니었고 응원도 아니었지만 네가 들어 버리다; 박 상의 우측 관자놀이 십(十)자로 절개되는 소리.

너는 유우코 씨의 정원을 쓰고, 정원 복판의 못을 쓰고, 못 복판의 금붕어를 쓰고, 금붕어를 쓰는 너를 쓴다; 나는 늘 내게서 물러나길 학습했다고.

너는 한 손으로 너를 구겨 놓길 즐겨한다.

쥐었다, 폈다, 쥐었다, 폈다, 보세요, 보기 흉한 것도 아닌데, 흉하지 아니한 것도 아닌 네 모양새를.

못 속의 너는 늘 웃는다.

박 상, 겨우 길어 올린 여든여덟 마리 금붕어 못에다 도로 풀어 놓다.

날은 저물었다.

물보라; 너는 쓴다, 다 물보라였다고. 밤은 왔고, 거울은 박 상 앞에 선다. 자기 거울. 그런 건 없어.

박 상, 거기 홀로 서서 무엇 합니까?

박 상, 거기 홀로 서서 무얼 묻습니까?

박 상, 거기 홀로 서서 어찌 계속 무얼 삽니까?

박 상, 거기 홀로 서서 왜 웃지 않습니까?

박 상, 거기 홀로 서서 왜…

박 상, 이제는 글쓰기가 즐겁지 않습니까?

박 상, 왜 죽은 자의 흉내만 냅니까?

박 상, 왜 산 자의 흉내만 냅니까?

박 상, 나는 왜 아무것도 느끼지 못합니까?

박 상, 물보라가 다 무엇이란 말입니까?

박 상, 금붕어가 잊히지 않습니까?

너의 날은 저물기를 원하지 않는다.

박 상; 케이크 칼로 모리나가 유우코 씨의 정원을 도려내다. 못에 흩뿌리다.

금붕어들, 박 상의 발버둥질 구경하다. 모리나가 유우코 씨 사망하고, 박 상은 매질한다; 여섯 살의 유우코 씨, 일곱 살의 유우코 씨, 다섯 살의 유우코 씨.

갈 곳 없는 손주, 할머니 앞에서만 질질 울다;

함부로 울 수도 없는 박 상, 홀로 정원에 남다. 못에다 젊음을 탕진하다. 금붕어들 유유히 내린천을 따라 헤엄하다. 한데,

어찌 이러한 이야기가 너를 써 버렸을꼬?

끝.

아침마다 무엇을 그리 반복합니까? 이런 것들을 요즘 배웁니다. 다도; 매질; 갯버들의 유우코 씨, 유우코 씨 아래의 박 상, 매질. 매질. 매질.

매질.

박 상에게서 늘 물러나 있길 즐기는 박 상; (중고)정신 판매. 7세. 8세. 6세. 아시아인. 잡종.

비고: 약간의 사용감, 생활흔.

(보려고 안하면 티 안나요.)

『물보라』를 위한 부록,
일지, 참고 노트, 혹은
함께 이어 볼 이야기

11月 1日

거울은 네 앞에 선다. 양철 지붕을 따라 물방울이 맺힌다. 너는 너를 잃어버리기 위해 거울로 다가간다. 물방울은 출렁이며 확대된다. 위장한 군인 무리가 다가오는 무리를 총으로 겨냥한다. 다가오는 무리는 같은 얼굴로 우리는 하나, 하나는 우리, 반복하여 구호를 외친다. 물방울이 터진다. 물방울이 맺힌다. 너는 너를 잃어버리고자 거울로 다가갔다. 향기로운 버섯 스물세 개가 심장 높이까지 피어오른다. 심장이 있다고 하니 버섯들 복판에 네가 있다. 서구인이 너를 향해 손짓한다. 너와 관계없이 거울은 네게 다가간다. 버섯이 배꼽에서 자라난다. 배꼽이 있다고 하니 거울 앞에 네가 있다. 엎어진다 너는. 구호 요청은 어떻게 하는 거죠? 노바디. 너밖에 없다.

11月 1.3日

노바디너밖에없다노바디아무도없어노바디거울은내앞에노바디선다거울은내앞에선다노바디거울은내앞에선노바디다거울은내앞에선노바디야거울은내앞에선다거울은내앞에선다거울은노바디내앞에선노바디다거울은나와는노바디내앞에선노바디다거울은노바디내앞에노바디선다노바디거울은내앞에선다거울은내앞에선다거울은내앞에선다거울은내앞에선다거울은내앞에선다거울은내앞에선다거울은내앞에상관없이선다노바디거울노바디내앞에노바디선다거울은내앞에선다거울은내앞에선다거울은노바디내앞에선다거울은내앞에노바디선다거울은내앞에선다노바디거울은내앞에선

11月 2日

거울은내앞에선다. 후드를 코 밑까지 눌러 쓴 사람들이 모여 있다. 파티를 하려는 것일까? 반짝이는 샹들리에, 풍겨 오는 치즈 냄새. 재잘대는 고무 입술들. 이제 다 지겨워 이런 건. 싸구려 위스키나 한 잔 얻어 먹었으면. 거울 속으로 너는 얼굴을 들이민다. 후드를 턱 밑까지 눌러 쓴 사람들이 모여든다. 한 사람이 너의 손목을 낚아채어 거울 깊숙한 곳으로 끌고 간다. 올려다보니 눈코입이 없는 모리나가 유우코 씨의 얼굴이다. 할머니, 여기서 뭐 하세요? 유우코 씨는 너를 앉혀 놓고 다도를 가르친다. 할머니, 식사는 하셔야죠. 너의 얼굴을 덮었다가 부드럽게 사라지는 연기. 눈코입이 지워진다. 보고 싶어요. 너의 정수리를 쓰다듬는 유우코 씨. 그리고 다시는 마주하고 싶지 않아요. 너는 너를 영영 밀쳐 낸다.

11月 2.4日

너는 너를 영영 밀쳐 낸다. 갯버들 우거진 곳으로. 느린 바람 따라 흔들리는 갯버들. 조그마한 못이 생겨난다. 느린 바람 따라 흔들리는 못의 모가지. 가방을 메고 걸어온 네가 못 앞에 무릎을 꿇고 앉는다. 서너 살쯤 돼 보인다. 너는 뜰채를 꺼내 못을 헤엄치는 금붕어를 노린다. 종이 그물은 금세 찢어지고, 새로운 뜰채를 꺼내 물속을 너는 다시 노린다. 못에 떠오른 얼굴이 가끔 건져졌다가 흩어진다. 네가 걸어온 곳에서 모리나가 유우코 씨가 걸어온다. 올려 묶은 백발이 느린 바람 따라 흔들리고, 그녀를 발견한 네 눈동자도 느린 바람 따라 흔들린다. 나는 무엇을 잘못했습니까? 갯버들 아래에서 너는 종아리를 매질당한다. 나는 박 상을 살려고 드는 박 상의 동생을 달래고 있어요. 느린 바람 따라 너는 경련한다. 요동하는 거울이 깨질 듯 깨지지 않는다.

11月 3日

거울이 요동하며 깨질 듯 깨지지 않는다. 평화로운 여의도공원. 가족 단위의 이용객들이 즐비하다. 피켓과 슬로건을 든 사람들이 줄지어 늘어선다. 그들은 크레파스로 그들을 색칠한다. 얼굴에 빨강을 주고 귀에는 초록을 준다. 데즈카 오사무는 우주 소년 아톰도 그렸고 츠게 요시하루는 무능한 사람도 그렸다. 무능한 사람은 줍지 않아도 되는 돌을 줍고, 팔지 않아도 되는 돌을 판다. 그리고 눕지 않아도 되는 몸을 매일 눕힌다. 삶 속에서 죽음을 살고 죽음 속에서 삶을 살듯이.

11月 3.1日

죽음 속에서 삶을 살고 삶 속에서 죽음을 살듯이; 어떤 돌팔이가 당신의 초상을 저기다 이식해 놓았을꼬?

11月 4日

너는 그를 사랑하고 그는 네게 미안하다. 사랑해서 미안할 수는 있지만 미안해서 사랑할 수는 없다. 그러므로 그가 찾아오기를 기다릴 것이 아니라 네가 그를 찾아 헤매는 것이 순서가 맞다. 그것이 이치다. 한데 왜 그는 계속하여 네 앞에 설까? 네가 그의 앞에 가서 설 때, 그는 너를 상대하지 않는다. 그는 매번 너를 거절하고 내치고 지우려고 한다. 네게 미안하기는 한 걸까? 너는 그를 사랑한다고 말한다. 사랑은 무엇이든 이겨 낼 수 있다고 한다. 너는 그 말을 그 무엇에게도 질 수 있는 것이 바로 사랑이라고 읽는다. 모처럼 네가 마음속에서 그를 지워 냈을 때 너는 네게 미안해한다.

11月 4.3日

하지만 거기 너는 없다. 너만 상대해 주지 않는 거울. 망할 놈의 거울. 초원에 선 울타리만을 보여 주는 거울. 거울은 엄마를 닮았다. 너는 엄마라는 단어를 처음 써 본다. 너는 거울로 도망한다. 거울은 너를 찾아 사방을 비춘다. 양의 걸음으로 울타리를 향해 너는 걷는다. 양처럼 밥을 먹고 양처럼 뿔을 간다. 그리고 양은 울보다. 울음소리를 들은 거울이 양을 비춘다. 너는 거울 바깥으로 도망한다. 염소가 울타리 안에서 바깥을 찾아 맴돈다. 염소는 울보다. 너는 염소에게 미안하고 양에게도 미안하다. 미안해서 눈물이 나고 마침 눈물이 나온 김에 울어 본다. 거울은 바깥과 안을 번갈아 비춘다. 안과 밖 모두를 비추는 거울. 아무것도 비추지 못하는 거울. 망할 놈의 거울.

11月 5日

망할 놈의 거울.

빈 항아리가 소리가 큰 법이다.

32년생 금강산도 식후경이니 잘 잡술 것.

44년생 자신으로 인해 세상이 밝아진다.

56년생 겉모습보다는 실속을 챙겨야 되는 날이다.

68년생 어려운 일은 한 잔 술로 풀어라.

80년생 자기 것이 작아도 잘 챙겨야 한다.

92년생 로딩 중.

망할 놈의 거울.

문제는 터트려서 사람들과 상의하라.

32년생 맺고 끊는 것을 정확하게 하라.

44년생 과음 과식은 절대로 삼가야 한다.

56년생 한번 아니라고 결정한 것은 끝까지 번복하지 말라.

68년생 사람을 만나 그 가운데서 얻는 것이 있겠다.

80년생 마음을 넓게 먹도록 하라.

92년생 로딩 중.

11月 5.9日

망할 놈의 거울. 빈 항아리가 소리가 큰 법이다. 그러니까 문제는 터트려서 사람들과 상의하라.

32년생 맺고 끊는 것을 정확하게 하라. 그러니까 금강산도 식후경이니 잘 잡술 것.

44년생 자신으로 인해 세상이 밝아진다. 그러니까 과음과식은 절대로 삼가야 한다.

56년생 한번 아니라고 결정한 것은 끝까지 번복하지 말라. 그러니까 겉모습보다는 실속을 챙겨야 되는 날이다.

68년생 어려운 일은 한 잔 술로 풀어라. 그러니까 사람을 만나 그 가운데서 얻는 것이 있겠다.

80년생 자기 것이 작아도 잘 챙겨야 한다. 그러니까 마음을 넓게 먹도록 하라.

92년생 모르겠다. 살아지듯이 죽으라.

11月 6日

살아지듯이 죽으라. 지긋지긋한 거울 속으로 기상캐스터가 입장한다. 중부 지방은 맑거나 아침에 차차 맑아지겠다. 남부 지방은 흐리겠다. 경남 해안과 제주도 지방은 곳에 따라 한때 비가 조금 온 후 차차 개겠다. 바람은 약하겠다. 기상청은 "아침과 낮의 일교차가 10도 이상 벌어지는 날씨가 계속되겠다."라고 밝혔다. 아침 최저기온 섭씨 −1에서 14도, 낮 최고 기온 16에서 20도.

11月 6.4日

죽어지듯이 살라. 지긋지긋한 거울 속으로 기상캐스터가 온다. 사투리를 쓰면서 온다. 헤이수이(黑水县) 현은 좀 덥거나 아침은 아니 온다. 나나이 칼란(Nanai Kalan)은 습하거나 땅감이 익겠고 저녁은 아주 아니 온다. 마조르다(Majorda)와 파나두라(Panadura) 해안은 한때 더워 개골창으로 변한다. 바람은 없다. 눈도 없고 비도 없고 햇볕은 아주 없고 내일은 없다. 끝.

11月 7日

끝. 거기 새우잠 자는 네가 있다. 단잠을 꾸는지 감긴 눈에서 설탕 알갱이가 흘러나온다. 녹이고 태우고 짓밟고 찢으려고 해도 설탕 알갱이는 끄떡 없다. 꿈속에서 너는 트로츠키를 만나고 있다. 눈빛으로 묻는다. 당신은, 왜, 고집을, 늘, 휴대하고, 다닙니까? 트로츠키는 의자에 앉아 다리를 꼬고 있다. 그가 안경을 치켜올리며 눈빛으로 묻는다. 당신은, 왜, 휴대해야, 마땅할, 고집마저, 놔두고, 다닙니까? 대화는 없고 설탕은 단 맛을 잃었다.

11月 7.2日

설탕이 단 맛을 잃다. 모두가 긴 테이블에 앉아 식사를 준비하다. 모두가 손가락으로 양쪽 입꼬리를 낚아 올리다. 모두가 거기서 웃는 연습을 하다. 모두가 낚시 바늘에서 오늘의 메인 식재료를 빼내느라 애를 좀 먹다. 낚시 바늘은 식재료보다 귀하다. 기도 시간; 기쁨은 나누면 배가 되고 슬픔은 나누면 절반이 되나니 굳이 기쁨과 슬픔을 나누고자 한다면 기쁨도 절반 슬픔도 절반이거나 기쁨도 곱절 슬픔도 곱절이 되어야 마땅한 것 아니냐 이 말이외다. 거울은 네 앞에 서다. 나는 당연한 것만 말합니다. 나는 예의 있는 민족입니다. 네 혼잣말이 구천을 떠돌 듯 거울로 가다. 흩날리더니 이내 사라지다.

11月 8日

사방에 혼잣말 흩날리더니 이내 사라지다. 거울은 네 앞에 선다. 사람들이 광장으로 모여들다. 올가미한 밧줄이 공중에 매달려 좌우로 흔들린다. 복면을 뒤집어쓴 그가 등장한다. 그는 홀로 높은 곳에 있다. 그는 사람들을 복면 너머로 내려다본다. 누군가는 누군가를 죽일 것이고 누군가는 누군가를 죽을 것이다. 단두대 위에 선 그는 너에게 손짓한다. 벗어날 수 없는 손짓이다. 부탁이오, 죽음과 나 둘 사이에 관여하지 마시오; 그가 무릎 꿇자 모두와 눈높이가 맞는다. 모두가 네가 된다. 그는 모두가 된다. 그가 너인지 네가 그인지 모르겠다.

11月 8.9日

네가 그인지 그가 너인지 모르겠다. 한 사람이 봉두난발로 칼춤을 추다. 회자수; 칼춤이 허공에 수를 놓고 흰 꽃잎이 우수수 떨어지다.

MENU

수탉 1마리: 단칼

쌀 1되: 2초식 이내

병아리콩 1줌: 4초식 이내

무일푼: 능지처사(陵遲處死), 군문효시(軍門梟示), 오살(五殺), 육시(戮屍)

대출: 방생

11月 9日

대출; 방생. 거울은 하나로 모자라다. 거울은 네 앞에 서고 너도 거울 앞에 거울로서 선다. 숲을 배경으로 공터에 빈 그네 세 개가 매달려 있다. 네가 중간 그네에 앉는다. 네가 왼쪽 그네에 앉고 네가 오른쪽 그네에 앉는다. 사갑자의 내공을 쌓은 경공 고수처럼 그네를 왔다 갔다 할 수도 있겠으나 너는 체력이 없다. 숟가락이 힘들고 혀가 힘들고 힘든 것도 힘들다. 너는 너를 힘들어한다. 너는 중간 그네에 누워 있다. 왼쪽 그네에도 오른쪽 그네에도 너는 누워 있다. 머리가 향하는 곳에서 불길이 일어나고 다리가 향하는 곳에서 불길이 일어난다. 어디가 죽음 이후이고 어디가 죽음 이전인지 모르겠다.

11月 9.7日

어디가 죽음 이전이고 어디가 죽음 이후인지 모르겠다. 네 앞에 선 거울이 너를 슬쩍 납치한다. 너는 그네를 돌려 달라고 엄마에게 조르는 중이었다. 엄마는 화를 낼 줄 모르는 사람이다. 아무 말도 하지 않는 사람이다. 거울아, 거울아, 너는 거울에게 배운 대로 빌어 본다. 거울은 미동이 없고 너는 홀로 미동을 키운다. 엄마가 거울 속에서 등장한다. 너를 바라보는 눈동자 속에 너만 없다. 너는 거울을 납치하여 등에 업고 날아오른다. 너는 물구나무 한다. 네 긴 머리카락이 손잡이처럼 흔들린다. 세상이 뒤집히고 열차는 순환한다. 아무것도 바뀌지 않는다.

11月 10日

세상이 뒤집힌다. 아무것도 바뀌지 않는다. 거울은 네 앞에 선다. 덕유산은 벌목이 한창이다. 목재를 어깨에 인 무리가 하산하고 입산하길 반복한다. 해가 지자 모두가 산을 떠난다. 가문비나무 한 그루만 남은 공터. 바람이 세차게 불자 가문비나무도 세차게 흔들린다. 사방으로 잎사귀가 흩어지고 흩어진 잎사귀가 또 순식간에 원을 그리며 모여들기를 반복한다. 거기서 한 남자가 태어난다. 삶 속에서 죽음을 향해 태어나는 남자. 죽음 속에서 삶을 향해 태어나는 남자. 그가 세상에서 첫 번째로 배운 것 탈출. 첫 번째로 익힌 것 경련. 가볍고 부드럽게 그의 영혼이 풀려나간다. 마치 바람 구두를 신은 해파리처럼.

11月 10.8日

거울은 네 앞에 선다, 마치 바람 구두를 신은 해파리처럼. 탁자가 보인다. 그 위에 올려진 두개골이 점점 부풀어 오른다. 탁자는 너의 것이 아니고 두개골은 너의 것이 맞다. 너는 텐트를 짊어지고 두개골 안으로 들어간다. 종이와 잉크 방울이 사방에 떠다닌다. 그것들이 때때로 동력을 얻어 사방을 때린다. 텐트는 무게가 생명이다. 한 번 접히는 텐트는 8천 원. 두 번 접히는 텐트는 2만 원. 여든여덟 번 접히는 텐트는 수요 없음. 나는 이곳에 자리를 펴고 아주 나가지 않을 거야. 한 번 접은 문장은 9만 4천 원 두 번 접은 문장은 만 2천 원 세 번 접은 문장 수요 없음. 이곳에서 네가 나갈 경우는 단 한 가지. 네 시체를 깜지하기.

11月 11日

시체를 깜지하기. 거울은 네 앞에 선다. 물레방아가 완전에 가깝게 부서진다. 모여든 농부들이 기도한다. 엄숙한 분위기가 이어진다. 너는 거울에 정권 찌르기를 한다. 농부들이 달아난다. 너는 한 발짝도 움직일 수 없는 허수아비에 가깝다. 너는 파안대소 한다. 지축이 흔들리고 네가 기운다. 경천동지! 그가 거울에 나타난다. 그는 너를 데이터베이스화한다. 그의 클릭질 몇 번에 너는 순간 이동된다. 너는 때때로 너를 앞지르거나 뒤따르는 시간의 궤적을 볼 수 있다. 그의 한숨 소리가 들린다. 요즘 시대에 전쟁이 가당키나 하답니까? 참 나… 그는 중얼거리며 인터넷 기사에 가끔 댓글을 달기도 한다. 그때 멀리서 프로펠러 소리가 시작되니 이곳의 이름은 이후에도 이전에도 드레스덴이라 한다.

11月 11.3日

이곳의 이름은 이전에도 이후에도 뱀사골이라 한다. 거울은 네 앞에 선다. 너는 너와 상관없는 것으로부터 달아나고 싶다. 전쟁이 네게 오고 경련이 네게 오고 세상이 네게 온다. 너만 네게 오지 않는다. 너는 손에 쥔 빼빼로를 부서트리고 있다. 평범한 빼빼로. 어디서나 쉽게 볼 수 있는 빼빼로. 어느 편의점에서도 쉽게 구매 가능한 빼빼로. 너와는 상관없는 빼빼로. 어디 편의점을 헤집어 봐도 보이지 않는 빼빼로. 해가 저물어도 빼빼로. 주위가 어둠에 잠겨도 빼빼로. 고전의 빼빼로. 영원의 빼빼로. 빼빼로는 너와 자꾸만 관계하려 들고 너는 너와 상관없는 것으로부터 달아나고 싶다.

11月 12日

달아나고 싶다. 거울은 네 앞에 선다. 거울은 어둡다. 표면은 액체처럼 일렁인다. 손을 넣으면 아무것도 만져지지 않으나 기침독두꺼비 몇 방울이 네게 튄다. 너는 손을 빼내어 황급히 기침독두꺼비를 털어낸다. 너는 기침독두꺼비와 상관없고 기침독두꺼비 또한 방울이라는 단위와 상관없다. 너는 일렁이는 거울 속으로 다시 손을 넣는다. 너를 비추지 않으니 너와 상관없는 거울이다. 거울도 기침독두꺼비와 상관없는 사물이다. 거울 속에서 기침독두꺼비 몇 방울이 너에게로 튀어 오른다. 옛날 일이다. 다 옛날 일이 되었다. 너는 기침독두꺼비 다루는 법을 습득했다. 그것들을 지워 내기. 그것들을 못 본 척하기. 기침독두꺼비는 자꾸만 네게 튀어 오른다. 너와 관계없는 기침독두꺼비는 너와 자꾸만 상관하려 드는 거울 속에서 서식하는 종이다.

11月 12.6日

거울은 네 앞에 선다. 당연하게도 거기 그가 있다. 그는 기침독두꺼비 애호가다. 당연하게도 그는 날아다닌다. 너는 이 당연함이 마음에 들지 않는다. 그도 이 당연함이 마음에 들지 않는 눈치다. 그와 너는 아군이 될 수 있을 것 같다. 그러나 그는 계속하여 날아다니고 너는 당연하게도 날지 못하니 쉽게 친해질 기미가 보이지 않는다. 어떻게 하면 물꼬를 틀 수 있을까? 그는 저 위에서, 너는 이 아래에서 동시에 고민한다. 칼락, 칼락, 기침 소리와 독두꺼비가 분리될 때까지. 거울은 가려움을 앓는다.

11月 13日

가려움을 앓는 거울이 네 앞에 선다. 너는 이웃들에게 둘러싸여 있다. 매일 길에서 배꼽 긁는 내가 이상한가요? 간밤에 조독 우울이 배꼽에 싹 텄어요. 가려움을 참지 못하겠어요. 내가 이상한가요? 이웃들은 미소를 지으며 너를 본다. 이해합니다… 거울도 친절하게 너를 비춘다. 다 이해합니다. 너는 계속하여 배꼽을 긁고 손톱 밑에 낀 초록 우울을 이쑤시개로 빼내어 검지와 엄지로 굴린다. 그리고 거리로 튕겨 낸다. 이웃들은 여전히 미소를 보여 준다. 거울도 여전히 너를 비춰 준다. 다 이해합니다. 그런데 이름이 뭐였죠? 너는 오늘도 네 이름을 설명한다. 이웃들은 네 이름을 듣지 않고 이름을 네게 묻는다. 거울이 유행을 비추듯 너를 비춘다.

11月 13.8日

거울이 유행을 비추듯 너를 비춘다. 저편은 정글이고 저편은 설원이다. 너는 두 장소를 구분할 수 있다. 정글과 설원의 경계를 크레파스로 덧칠한다. 국경을 만들어 줄 거야. 금세 너는 흥미가 떨어진다. 이편과 저편을 나눠야 할 필요성이 떠오르지만, 더 빠른 속도로 그 필요성은 잊힌다. 이파리가 설원을 침범하고 눈가루가 정글에 흩날린다. 원숭이가 설원을 달리며 진흙을 묻힌다. 순록이 덩굴에 걸려 발버둥질한다. 너는 두 장소를 동시에 달린다. 어느 곳에서 네가 발견되어도 이상하지 않고 어느 곳에서 네가 발견되지 않아도 이상하지 않다. 너는 없고 그곳에 너는 있다.

11月 14日

그곳에 너는 있고 너는 어디에도 없다. 오늘 컨디션이 좋지 아니하여 일기는 첫 줄로 끝이오. (치도곤을 당하다.) 너는 첫 줄만 남기고 글자를 찢으며 퇴근한다. (발이 너를 가져가다.) 너는 책상 앞으로 돌아가 찢어진 글자를 딱풀로 이어 붙인다. (입술이 벌어지지 않다.) 누가 너를 찢고 너의 뇌에 몽고반점을 염색한다. (믹서가 돌아가다.) 네가 너로 반죽된다.

11月 14.6日

네가 너로 반죽된다. 분장실에 앉은 광대가 너를 보며 얼굴에 파우더를 두드린다. 위의 눈꺼풀은 빨갛고 아래의 눈꺼풀은 파랗다. 너는 매일 밤 그리마 한 쌍을 껴안고 잠드는 습관이 있다. 너는 그들을 그리마와 그리마`로 부른다. 그리마는 광대의 검은자와 검은자`에 똬리를 튼다. 검은자와 검은자`는 초콜릿 맛 반죽이다. 양손으로 얼굴을 감싼 광대는 마른세수를 반복한다. 슬피 우는 듯 보이나 증거는 없다. 그리마는 광대 왼쪽 눈동자 바깥으로, 그리마`는 광대 오른쪽 눈동자 바깥으로 몸의 절반을 내민다. 그리고 서로를 껴안으려 마구 발버둥질한다.

11月 15日

너는 너를 껴안으려 마구 발버둥질한다. 사방에서 고양이가 등장한다. 두더지처럼 지면을 뚫고 등장하는 고양이도 있다; 각성의 고양이, 살의의 고양이, 광란의 고양이, 고무 고양이, 어부 고양이, 웨스턴 고양이, 복서 고양이, 큐피트의 활을 훔친 고양이, 고양된 고양이, 수많은 고양이가 뛰논다. 가지각색의 털이 휘날린다. 너의 반려 히구라시(ヒグラシ*)가 쌓인 털 속으로 몰래 잠겨 든다. 어둠이 온다.

* 저녁매미.

11月 15.3日

어둠이 온다. 매미 날개 한쪽이 우측 상단 모서리에서 등장한다. 매미는 좌측 하단 모서리로 기어간다. 아장아장 기어간다. 둥둥이라는 이름을 가진 고양이는 매미가 지났던 길을 따라간다. 둥둥이에게는 어떤 수식어를 붙일 수 있을까? 껴안으면 둥둥이는 품을 벗어나려고 마구 발버둥질한다. 고양이를 벗어나려는 고양이 같다. 너의 매미가 운다. 저녁이 온다.

11月 16日

저녁이 온다. 거울은 네가 앉은 테이블을 비춘다. 대폿집에 대포 한잔하러 왔어요. 사람이 죽었다 합니다. 너 한 잔, 나 한 잔, 거울은 옆 테이블을 비춘다. 기본 찬으로 나온 마른 멸치 다 떨어지고 누가 죽었다고? 너 한 잔, 나 한 잔, 거울은 옆의 옆 테이블을 비춘다. 빈 사라(さら)를 안주 삼아 너 한 잔, 어떻게 죽어 그 양반이! 나 한 잔, 거울은 옆 테이블의 옆의 옆 테이블을 비춘다. 모두가 술독 안에서 어두운 헤엄을 하느라 정신이 없다.

11月 16.4日

모두가 정신이 없다. 너는 너의 머리통을 두드린다. 가볍고 경쾌한 소리가 울려 퍼진다. 어쩌라고? 그게 나와 무슨 상관이람? 너는 소리치고, 양 손으로 목의 둘레를 재는 너를 너는 받아 쓴다. 모니터 불빛만이 네 방을 은은하게 비춘다. 거울 속의 나는 거북목이 심하군. 너는 메모장을 펼쳐놓고 키보드를 두드린다. 나는 무엇을 쓰고 있습니까?

0.9촌; 분노, 분뇨. 경련, 난동

1촌; (…시?)

…

1.002촌; 경련

1.9촌; 백패킹

3.872촌; 아글라야 페테라니, 에드몽 자베스, 비톨트 곰브로비치,

8.9촌; 8.5kg 이하의 무게를 지닌 개

…

…

11.9촌; 숙주를 듬뿍 넣은 모츠나베, 게와 바지락으로 우려낸 뒤 멘 위에 차슈를 여덟 장 얹은 라멘, 히로시마풍 오코노미야키

11月 17日

나는 무엇을 쓰고 있습니까? 당연히 텅 비어 있고 거울아, 거울아, 너는 오늘도 나를 거부하려 드는가, 왜 하필 나만 거부하려 드는가, 짐짓 장엄한 어투로 물으니 네게 두통이 밀려오다. 기침이 멎지 않다. 멎지 않는 기침과 상관없이 호흡은 쉽지 않다. 거울이 병원을 비추다. 너는 거울 속으로 들어간다. 너와 같은 증상을 겪는 사람들이 줄지어 서 있다. 만국기는 매운 맛이 난다. 누구나 아프고 누구나 기침하고 누구나 숨을 몰아쉰다. 몇몇이 소리 없이 거울 바깥으로 걸어 나간다. 미끄러지듯이.

11月 17.8日

미끄러지듯이 거울은 네 앞에 선다. 남다현과 박지일은 마스크를 쓰고 통닭집에 마주 앉아 있다. 매장 안은 텅 비어 있고 매장 밖도 텅 비어 있다. 좀 그렇죠? 좀 그렇네요. 둘은 마스크를 내리고 생맥주 한 모금을 마신다. 마스크가 얼굴을 덮는다. 좀 그렇네요? 좀 그렇죠. 남다현과 박지일은 마스크 너머로 전시 계획을 짠다. 좀 그렇죠? 좀 그렇네요. 재작년에는 사람이 많이 죽었고 작년에도 사람이 많이 죽었다. 올해도 많이 죽었고 올해는 아직 많이 남았고 내년이 왔다. 전시 준비는 순조롭게 이뤄진다. 그것이 참 이상하다고 남다현과 박지일은 종종 생각하지만 좀 그렇네요, 네 좀 그렇네요. 똑같은 말만 마스크 아래로 중얼거린다.

11月 18日

좀 그렇네요, 네 좀 그렇네요, 똑같은 말만 중얼거리고 앉아 있을 때 거울은 네 앞에 선다. 무대가 보이고 세 사람이 서 있다. 그들은 거울의 전문가다. 그들을 보며 관객들은 대부분 웃고 있으나 웃지 않는 관객을 빼놓을 수는 없다. 무대에 선 세 사람은 서로를 때린다. A가 A`를 때리고 A`가 A``를 때리며 A``가 A를 때린다. 너는 웃지 않는 얼굴을 좋아한다. A가 A`를 때리는 것은 장난이고 A`가 A``를 때리는 것은 장난이며 A``가 A`를 때리는 것도 장난이다. 장난은 끝나지 않는다. 끝나지 않는 장난도 장난일까? 셋은 셋의 장난을 영영 끝낼 수 없다.

11月 18.7日

거울은 네 앞에 서고, 거기 의자에 앉은 네 등이 보인다. 거울이 앞에 서 있는데 내 등을 비출 수 있는가? 너는 생각한다. 그리고 고민한다. 네가 믿는 것이 거울이라면 너는 거울을 등지고 돌아선 것이다. 네가 믿는 것이 너라면 거울은 네 등 뒤에 서 있는 것이다. 너에게는 둘 다 중요치 않다. 너는 의자에 앉아 있다. 그리고 수첩을 꺼내 오늘 한 일을 적어 간다. 기억에 누구도 남는 일 없고, 누구의 기억에도 남지 못한 날. 일기를 그만두려던 찰나, 라디오에서 김태균의 목소리가 들려온다. 사연을 보내온 청취자 이름은 김치용 님. 김태균 왈: 정통음식 같은 이름이네요, 동생은 겉절이용인가요?

11月 19日

수첩에 오늘 한 일을 적어 간다. 너는 인사동 오가다 카페의 변기 위에 앉아 있다. 카페에 변기는 하나뿐이고 하나뿐인 변기는 네가 점령하고 있다. 변기를 필요로 하는 사람은 문밖에서 변기를 기다리고 있다. 너는 문 너머에서 변기를 기다리고 있는 사람의 눈치를 본다. 그럴수록 변기 점령 시간은 길어진다. 문 너머에서 너를 기다리는 사람의 표정이 떠오르는 횟수가 시간이 길어지는 만큼 늘어난다. 문이 열린다. 잠긴 문이 어쩌다가 열렸을까? 네 발목에 걸린 바지와 빤쓰를 보고 문을 연 사람이 놀라며 문을 닫는다. 너는 점령한 변기에서 일어나 닫힌 문을 잠그러 간다. 이인삼각 경기처럼 엉거주춤한 걸음으로. 너는 변기에 점령당한다.

11月 19.4日

너는 변기에 점령당한다. 지구는 둥그니까 자꾸자꾸 걸으면… 너는 이 노래를 변기는 둥그니까 자꾸자꾸 앉으면… 으로 불렀다. 친구들은 네가 웃기려고 그러는 줄 알았다. 아무도 그것이 틀린 가사라고 얘기해 주지 않았다. 변기는 둥그니까 자꾸자꾸 앉으면… 서른한 살 가을 무렵 너는 그 사실을 처음 알았다. 인사동 오가다 카페의 변기 위에 앉아서 평소처럼 노래를 흥얼거리던 너는 처음으로 다음 가사가 궁금해졌다. 검색해 보니 네가 알고 있던 가사와 전혀 다른 가사가 나왔다. 너의 파트너인 만성 변비가 어디서 시작된 것인지 너는 추적했다. 그리고 중얼거렸다. 말한 대로 될지어다.

11月 20日

말한 대로 될지어다. 거울은 네 앞에 서라. 낙엽이 우거진 궁동근린공원이 보인다. 도마뱀과 랩터와 파라사우르스와 연산 오계가 궁동근린공원을 종일 배회한다. 너는 궁동근린공원을 산보하는 자. 궁동근린공원에는 아침에도 네가 있고 낮에도 네가 있고 저녁에도 네가 있고 밤에도 네가 있고 새벽에도 네가 있다. 너는 종일 궁동근린공원에 있다고 말하는 것과 아침에도, 낮에도, 저녁에도, 밤에도, 새벽에도 궁동근린공원에 네가 있다고 말하는 것은 다르다. 아침과 낮과 저녁과 밤과 새벽이 아닐 때에는 네가 궁동근린공원에 없기 때문이다. 그때를 지금이라고 해도 괜찮을까?

11月 20.1日

그때를 지금이라고 해도 괜찮을까? 거울은 네 앞에 설 것이다. 너는 여전히 거울을 두려워할 것이다. 너는 거울을 두려워하는 너를 지겨워할 것이다. 너의 감정과 상관없이 거울은 여전히 평화를 입고 있을 것이다. 너는 권태를 피우고 있을 것이며 거울은 여전히 너를 잃어버리고 있을 것이다. 좁쌀, 대벌레, 스투키, 곰팡이처럼 네가 아닌 다른 것들이 여전히 너로 출몰할 것이다. 그리고 아무것도 등장하지 않을 것이다. 그때에도 너는 거울을 무서워하는 너를 지겨워할까?

11月 21日

그때에도 너는 너를 지겨워할까? 다섯 개의 오두막이 늘어서 있다. 너는 첫 번째 집에 거주하는 김이다. 너의 옆집에는 박인 네가 거주하고 그 옆에는 이인 네가 거주하며 그 옆에는 정인 네가 거주한다. 그리고 그 옆에는 남인 네가 산다. 김, 박, 이, 정, 남 다섯 성을 가진 네가 다섯 개의 오두막에 각기 거주한다. 어느 새벽, 간만에 일찍 깼더니 박이 보이지 않고, 삶은 달걀 두 알로 허기를 채우고 나니 정이 보이지 않고, 학교에 가니 남이 보이지 않고, 집으로 돌아오니 이가 보이지 않고, 홀로 남은 김은 아무에게도 보이지 않게 되었다.

11月 21.7日

다섯 개의 오두막이 늘어서 있다. 너는 첫 번째 집에 사는 김이다. 김은 유독 한국 소설의 등장인물이 김, 박, 이, 정, 남 등 성으로 지칭되어 온 까닭을 궁금해했다. 어느 밤, 김은 꿈에서 남미를 뛰어다녔다. 거닐어도 될 곳을 뛰어다닌 까닭은 멈추면 안될 것 같았기 때문이었다. 그게 전부였다. 김은 잠에서 깬 후에도 한참 동안 숨을 골라야만 했다. 집을 나서면서 너는 옆집이 간밤에 없어지고 지금 막 옆의 옆집이 없어진 사실을 깨닫는다. 그리고 누군가가 너를 찾아와서 그들의 이름을 캐묻는다. 말하지 않으면 죽여 버리겠다고.

11月 22日

말하지 않으면 죽여 버리겠다고 한다. 눈이 내린다. 눈 내리고 또 눈만 내리는데. 너는 무슨 말을 해야 할까? 너의 시체는 곧 완전히 파묻힐 것이다. 무슨 말을 할 수 있을까? 눈이 내리고 또 눈이 내리는데. 너는 친구에게 너를 치워 달라고 말한다. 부탁해 친구야, 친구는 노가리를 집어 들며 말한다. 언제 죽었는데? 너는 맥주를 마시며 대답한다. 어제 자정. 친구는 노가리를 세로로 찢으며 되묻는다. 무슨 소리야? 그 시간에 같이 노가리 집에 앉아 「눈이 내리네」만 반복해서 들었잖아. 너는 갸우뚱하며 되묻는다. 「Tombe la Neige」말이야? 아다모가 부른? 친구는 너를 쳐다보지도 않고 답한다. 아니, 김추자! 얘가 정신이 어떻게 됐나 봐. 그때까지 말없이 듣고 있던 다른 친구가 입을 뗀다. 야야, 첫눈이다.

11月 22.9日

야야, 첫눈이다. 새벽의 감자밭이 펼쳐진다. 산에서 내려온 멧돼지가 감자밭을 파헤친다. 첫눈이 멧돼지의 등 위로 온다. 멧돼지가 첫눈을 짊어지고 산으로 돌아간다. 동이 튼다. 호미를 쥔 네가 감자밭에 등장한다. 네 어깨 위로 첫눈이 온다. 너는 호미질할 기분이 나지 않는다. 첫눈과 상관 없고, 멧돼지와도 상관 없다. 너와 상관 없는 피로가 너의 어깨에 내려 앉는다. 너의 몸은 피로로 이루어져 있다. 너는 호미를 내팽개치고 주막을 향해 걸어간다. 남은 호미는 홀로 호미질한다. 돼지감자가 모습을 드러낸다. 첫눈은 돼지감자로 온다. 첫눈은 공평하다.

11月 23日

첫눈은 공평하다. 그랜드피아노 한 대가 홀에 놓여 있다. 아무도 보이지 않는다. 무엇도 보이지 않는다. 바람 빠진 풍선들이 피아노에 주렁주렁 매달려 있다. 너는 불고 싶다. 너는 날아오르고 싶다. 귀를 갖다 대고 건반을 하나씩 누른다. 그곳에서 목소리를 듣게 된다; 이리 와. 내게로 와. 목소리가 너를 부른다. 너는 관심을 보이지 않는다. 네 귀에서 가장 가까운 건반을 눌렀을 때 너는 다른 목소리를 듣게 된다; 이곳에 너의 자리는 없어. 네가 발 디딜 곳 젠젠 없다고. 숨은 멎는다. 숨이 멎었다. 숨이 멎은 것 같기도 하다. 너는 너를 판단할 수 없다. 풍선이 부풀어 오른다. 너는 피아노와 함께 천천히 떠오른다. 발 디딜 곳이 보이지 않는다.

11月 23.4日

발 디딜 곳이 보이지 않는다. 겨울의 저수지다. 주저앉은 네가 숨 쉴 때마다 입김이 떠오르고 사라진다. 풍선 장수 아저씨가 둑을 따라 네게 걸어온다. 발이 떠 있는지 공기를 밀면서 걸어온다. 그리고 어느 순간 시야에서 사라진다. 공중으로 풍선이 떠오르고 그 광경을 보는 너의 고개 각도를 따라 입김이 떠오른다. 그리고 사라진다. 반대편에서 풍선 장수 아저씨가 얼어붙은 저수지를 가로질러 걸어온다. 발이 떠 있는지 구름 위를 걷듯 부드러운 발걸음으로 걸어온다. 그리고 어느 순간 사라진다. 날아오던 철새 세 마리가 되돌아간다. 이곳에 발 디딜 곳은 없어. 입김을 위해 너는 존재하는 것만 같다. 너는 사라진다.

11月 24日

거울은 네 앞에 서더니 이내 아래로 푹 꺼지다. 너는 거울을 완전히 잃어버리게 되다.

[한성 조약(漢城條約)]*

이번 경성의 사변(事變)은 작은 문제가 아니어서 대일본 대황제는 깊이 생각하고 이에 특별히 전권대사 백작(伯爵) 이노우에 가오루[井上 馨]를 파견하여 대조선국에 가서 편리한 대로 처리하게 하며, 대조선국 대군주는 돈독한 우호를 진심으로 염원하여 김홍집(金弘集)에게 전권(全權)을 위임하여 토의·처리하도록 임명하고 지난 일을 교훈으로 삼아 뒷날을 조심하게 한다. 양국 대신은 마음을 합하여 상의하여 아래의 약관을 만들어 우의가 완전하다는 것을 밝히며, 또한 장래의 사건 발생을 방지한다.

* 『고종실록』 21권에서.

11月 24.5日

장래의 사건 발생을 방지하려는 목적으로 거울은 네 앞에 선다. 네가 연기 줄기처럼 피어오른다. 연기 줄기가 서서히 너의 형상을 복구하려 든다. 연기 줄기는 너의 완성 앞에서 망설인다. 미화원이 다가와 네 머리카락을 끊는다. 목재사가 네 귀에서 얼굴을 오린다. 사진사가 네 얼굴에서 코를 자른다. 너는 점점 네게서 멀어진다. 너는 너를 잃어버린 것 같다. 그러나 물증이 없어. 너는 너의 일부를 수집하며 기다린다. 소방수가 숨 냄새를 씻는다. 사서가 체모를 병에 옮겨 담는다. 너는 거울이 너를 훼손하는 모습을 지켜본다. 너는 소독된다. 그리고 너는 네게 기억되려 애쓴다.

11月 25日

너는 너를 기억하려 애쓴다. 겨울이 네 앞에 선다. 너는 거울의 겨울 속으로 뛰어든다. 함박눈이 쏟아진다. 나무와 들판과 오두막이 하얗게 뒤덮인다. 너는 이곳이 네 마지막을 맞이하게 될 장소임을 직감한다. 너의 직감은 내내 사실을 비껴 왔다. 그러므로 이번만큼은 너는 너를 확신한다. 함박눈이 쏟아지는 이곳에 당도했을 때, 너는 네 마지막을 단 한 번도 예감한 적 없었기 때문이다. 이게 무슨 말일까? 스스로 묻기 위해 네가 네 입술을 움직이려는 찰나, 너의 눈썹이 하얗게 샌다. 네 눈동자는 눈보라가 몰아치는 유리구슬 같다.

11月 25.8日

네 눈동자는 눈보라가 몰아치는 유리구슬 같다. 너는 그 속으로 뛰어든다. 눈보라가 너와 연루된다. 오두막이 희미한 윤곽을 드러낸다. 문을 열고 들어서자 북극곰과 오소리, 족제비와 노루, 사막여우와 카멜레온의 탈이 벽에 나란히 걸려 있다. 오늘은 쓰고 싶은 탈이 없어. 너는 탈에 미안하여 덧붙인다. 오늘은 개인 사정으로 휴업이야. 너는 침대에 눕는다. 천장은 온통 너를 비추는 거울투성이다. 천장은 네 앞에 선다. 거울 속에서 너는 땀을 흘린다. 창밖에서 눈이 열심히 내린다. 눈동자가 조금씩 젖어 들며 시야가 흐려진다.

11月 26日

눈은 열심이다. 2미터가 넘는 담벼락이 늘어서 있다. 너는 너를 지우면서 걷는다. 담벼락을 훌쩍 넘어 불 꺼진 주택으로 들어서자, 값비싸 보이는 샹들리에와 소파와 장식품들이 어둠 속에 잠들어 있다. 너는 그것들을 훔친다. (하지만 너는 그것들을 훔쳤다고 생각하지 않는다. 너는 네가 도둑질을 선택한 것이 아니라 도둑이 너를 점령한 것이라고 믿는다.) 물건과 함께 집을 나서자 경찰들이 늘어서 있다. 저는 완전히 뉘우쳤습니다. 이른바 개과천선이라 하지요. 네가 결백을 주장하는 사이 도둑은 너의 4번과 5번 가슴뼈 사이로 은신한다.

11月 26.2日

너는 너의 가슴뼈를 함락시킨다. 보라색 복면을 쓴 도둑이 네 등 뒤에서 나타난다. 그리고 너를 훔쳐 거울로 달아난다. 너는 너를 좇아 거울로 뛰어든다. 도둑은 잡힐 듯 잡히지 않는 간격을 유지하며 네게서 달아난다. 너는 한 뼘만 더 뻗으면 잡을 수 있는 도둑을 계속하여 좇는다. 두 시간… 나흘… 여섯 해… 마흔두 해… 예순 해… 너는 그간 도둑을 쫓아 세계 곳곳을 달렸다. 도둑과 함께 달렸다. 네가 네 살이 되던 해의 겨울, 마침내 도둑은 네게 잡히고 만다. 너는 이제 거울 밖으로 되돌아갈 일만 남았다고 생각한다. 드디어 잡았군 이 자식! 도둑은 네게 화를 버럭 내며 소리를 지른다. 기억에도 없던 복면이 네 얼굴에서 벗겨진다. 거울은 네 앞에 선다. 너는 거기서 도둑이라는 직업을 처음 마주한다.

11月 27日

너는 너를 처음 마주한다. 온통 파도다. 파도가 서쪽으로 눕는다. 북쪽으로도 파도는 눕는다. 파도는 서쪽으로 눕고 다시 북쪽으로도 눕는다. 두 방향으로만 대가리를 반복한다. 파도는 꼭 두 개의 풍수만 믿으며 살아가는 것 같다. 서두쇠신(서쪽의 두침 방향은 몸이 쇠약해진다.), 북두단명(북쪽의 두침 방향은 생명이 짧아진다.) 혹은 달나라의 단순 장난일지도 모르지. 이소룡은 달에서 곤란하다. 블루스를 출 수 없으므로. 물구나무한 동생의 다리가 날마다 짧아진다.

11月 27.4日

동생이 너를 살고, 너는 리듬을 탄다. 귀가 너의 얼굴로부터 달아난다. 네 얼굴 주변을 어지러이 날아다닌다. 꿀벌 같고 흔들리는 월계수 잎 같다. 너는 거울 속을 떠다니는 네 귀를 바라본다. 한없이 지루한 눈빛으로 바라본다. 비보이 마리오가 거울 속으로 걸어와 네게 음악을 보여 준다. 춤으로 음악을 보여 준다. 음악에 맞춰 그가 춤을 추는 것이 아니라 음악이 그의 춤에 맞춰 시작되고 있다. 네 영혼이 발버둥질한다. 임시로 영혼과 몸을 묶어 놓은 케이블 타이가 곧 끊어질 것만 같아.

11月 28日

고층 빌딩 두 개가 우뚝 서 있다. 최상층은 구름에 잠겨 있다. 옥상 난간과 난간으로 동아줄이 연결된다. 구름과 구름 사이를 시나 연결된 동아줄이다. 빌딩은 점점 높아진다. 줄광대가 등장한다. 줄광대는 날아가는 제비와 같이 가볍게 줄 위에서 돌아간다. 동아줄 아래로 국제선이 가끔 지나간다. 발밑에서 포물선을 그리는 태양. 사방에 깔리는 별자리. 줄광대가 외친다. 나는 아주 허공잡이올시다! 그가 가랑이로 줄을 타고 앉았다 일어난다. 빌딩이 그가 일어나는 만큼만 높아진다. 그는 제자리와 가장 먼 제자리를 줄타기한다.

11月 28.9日

제자리와 가장 먼 제자리를 너는 줄타기한다. 너는 처음으로 네게 호기심을 가진다. 코 닿을 거리까지 거울에 다가간다. 거울 속, 저 멀리서부터 팔백구십팔 개의 독방을 실은 츄레라가 속도를 줄이지 아니하고 질주하여 거울 바깥에 선 너를 아주 깔아뭉개고 떠난다. 너는 형체를 알아볼 수 없다. 주인 없는 배꼽만이 거울 앞에 놓여 있다. 거울은 배꼽 앞에 선다. 뺑튀기 장수가 나타나 배꼽 위에 주저앉는다. 그리고 거울 속에 목을 들이민 뒤 외친다. 뺑이요! 종달새 같은 우아한 목소리로.

11月 29日

종달새 같은 우아한 소리를 내며 거울은 네 앞에 선다. 이층 주택이 좌우로 늘어서 있다. 골목길이 흔들리면서 펼쳐진다. 끝도 없이 펼쳐진다. 멀리서 방역차가 나타나 네게로 달려온다. 연기 속에 잠긴 골목을 헤드라이트 두 개만이 빛을 내며 달려온다. 너는 거울을 내팽개치고 뒤돌아서 달아난다. 방역차가 너를 앞지른다. 연기를 휘감은 얼굴 몇이 너와 앞서거나 뒤서며 함께 달린다; 슬쩍 돌아보니 다들 기쁜 것 같기도 하고 슬픈 것 같기도 한 얼굴을 하고 있다. 이제는 방역차를 따라 달린다. 우리는 우리를 실종한다.

11月 29.3日

우리는 우리를 실종한다. 거울 속은 점심시간의 버거킹이다. 여지없이 늘 같은 자리에 앉아 있는 그가 보인다. 그는 비닐이 벗겨진 완제품 상태의 와퍼를 들고 있다. 붐비는 매장과는 전혀 관계없는 자. 가라앉은 눈으로 인간을 관찰할 뿐인 자. 와퍼의 양상추가 갈변할 때까지 그는 인간을 바라본다. 그의 눈빛은 특정 인간을 겨냥하는 듯 보이며, 모든 인간을 겨냥하는 듯 보이기도 한다. 인간을 바라보는 일이 그의 노동이다. 적성이 맞지 않아서 노동이고 뭐고 하고 싶지 않으나 하지 않을 수는 없어서 노동이다. 그는 50분간 인간을 바라본다. 그리고 10분간 느린 속도로 담배 한 대를 태운다. 그는 다시 노동을 시작한다. 배설하기 싫은 순간에만 배설할 수밖에 없는 사람. 그 사람이 화장실로 향하며 짓는 표정이 그나마 지금 그의 표정과 가까울까?

11月 30日

거울은 점점 자란다. 하나의 거대한 빙벽이 될 때까지. 거울은 가끔 완전히 무너진다. 그리고 다시 자란다. 아기 거울, 어른 거울, 털북숭이 거울, 선생 거울. 거울이 무너질 때마다 많은 파편이 탄생하여 저마다 자라난다. 빙벽 등반 선수들. 아기 거울은 어른 거울을 삼키며 자라고 어른 거울은 털북숭이 거울을 보살피며 자라고 선생 거울은 다른 거울들 때문에 어쩔 수 없이 자란다. 거울은 네 앞에 선다. 세계는 점점 자란다. 털북숭이 거울은 이들이 자라나길 기다렸다가 자신의 트렁크 속으로 하나씩 납치한다. 납치가 끝나면 털북숭이 거울은 자신을 트렁크 속으로 납치한다. 납치와 상관없이 거울은 계속 자란다.

11月 30.1日

거울은 계속 자란다. 거울 속에는 소파가 없다. 차렵이불이 없고 호흡이 없고 아무것도 없다. 네게는 네가 없다. 너는 네임펜으로 거울에다가 쓰고 싶지 않은 것과 말하고 싶지 않은 것을 쓴다. 할 말도, 쓰고 싶은 것도 없는 네가 너를 쓴다. 너는 네게 주도권이 없다. 쓰면서 너는 너를 쓴다. 너는 쓰면서 쓰는 너를 발견한다. 나는 내게 주도권이 있다.

이 내가 또 한 번의 긴교스쿠이(金魚掬い)를 제안합니다

신종원(소설가)

박 상, 박 상은 아직도 긴교스쿠이하며 젊음을 낭비합니까?

물은 되비추고, 물은 부딪히고, 물은 흐릅니다. 내가 이렇게 말하는 한, 물은 영원히 움직이는 상태로 남아 있어야 합니다. 그러나 박 상, 나는 움직이지 않는, 고여서 썩어 가는 물을 본 적이 있습니다. 몽롱한 향정신성 연무 속에서 아직도 내게 돌아오라 손짓하는 이 물의 이름은 (박 상도 잘 알다시피) 늪이지요. 박 상과 나는 죽기 전에 돌아가야 할 아름드리 물웅덩이를 하나씩 끌어안고 있습니다. 그렇다면 우리가 물가에서 긴교스쿠이를 하는 걸까요, 아니면 물이 우리 주위에서 코도모스쿠이(子供掬い)를 하는

걸까요? 뜰채의 안팎을 구분하기가 점점 더 어려워집니다. 어른들은 이런 가르침을 흉터처럼 새겨 넣으려고 날마다 회초리를 들었나 봅니다.

박 상, 물은 되비춥니다. 물을 들여다보면 물도 우리를 들여다본다는 종류의 시시한 낭설은 구태여 들먹이지 않겠습니다. 물은 오랜 세월에 걸쳐 천천히 풀어헤쳐진 자기 테이프입니다. 철이 아니라 수소로 코팅되었을 뿐, 같은 방식으로 작동하도록 설계된 게지요. 그래서 물가를 지나치는 모든 움직임은 액체 상태의 아카이브 스트립을 미끄러지며 저마다의 오토그래프를 남깁니다. 이 동심원 모양의 잔물결은 물이 진동에서 파형을 읽어낼 때 나타나는 전기 신호로, 물도 일종의 귀를 갖고 있다는 한 가지 사실을 드러냅니다. 물방울 하나하나가 말굽 모양의 귓속뼈처럼 바깥을 향해 열려 있으며, 그로써 온갖 소리가 어둡고 축축한 집음부 아래로 내려앉습니다. 그러니까 물을 들여다보면 물도 우리를 들여다본다는 말은 틀렸습니다. 물은 단지 듣고 기억할 따름입니다. 이런 관점에 따르자면, 물이 되비추는 것은 기실 빛이 아니라 기억이라야 옳습니다. 그리하여 박 상은 물가에 설 때마다 회초리 소리를 듣곤 합니다. 물은 주눅든 얼굴로 매질당하는 아이를 내보입니다. 수십 년이 지났건만, 종아리가 따끔거리는 이 장면은 좀처럼 가라앉을 줄을 모릅니다. 나이 어린 박 상, 어느 날은

정원이 아니라 용지 호수로 종이 뜰채를 가져가다. 그러나 뜰채에 걸리는 것, 물고기가 아니라 누군가 잃어버린 머리뿐이어서 허탕만 치고 돌아오다. 모리나가 유우코 씨, 어디도 나가지 말라는 분부를 어긴 잘못으로 손주의 허벅지를 매질하다. 박 상, 호수에서 무엇을 보았지요? 모리나가 유우코 씨가 무섭게 따져 묻기에 박 상, 대답하다. 물보라. 환형의 파문. 물에 빠져 허우적거리는 어느 남자의 머리를 건져다 도로 풀어 놓았어요. 모리나가 유우코 씨, 박 상의 눈을 가리고 忘れなさい, 忘れなさい 중얼거리다. 그러나 물속에서 겨우 길어 올린 여든여덟 개의 머리, 나이 어린 박 상을 향해 거기 홀로 서서 무엇 합니까? 물으며 질질 울던 목소리가 정원까지 몰래 쫓아오다. 나이 어린 박 상, 급성 색전증으로 머리 통증 호소하며 할머니 품에 안기다. 잊어버려요. 다 잊어버리세요. 하지만 어떻게?

박 상, 어떻게 잊을 수 있겠습니까? 물은 흉내 내기를 좋아하고 그런 점에서 우리와 닮았습니다. 아니, 사실 이미 쓰기 자체가 외부의 음성을 받아 적으려는 충동에서 비롯되지 않았던가요? 따라서 인류 최초의 전사(轉寫)는 트랄레스의 원형 기둥에 음각된 고대 그리스식 악보도, 모세가 산꼭대기에 갇혀 40일간 옮겨 적었던 언약의 비문도, 인안나를 찬송하는 수메르 신전 유적의 아카드어 설형 문자판도 아닙니다. 작곡가와 예언자와 제사장이 있기

전에 먼저 사냥꾼이 있었습니다. 사냥꾼들은 들짐승과 새들이 내는 소리를 흉내 내는 방식으로 사냥감을 꾀어내곤 했습니다. 숙련된 사냥꾼의 노랫소리는 거의 요청과도 같은 위력을 지녀서, 새벽녘의 실안개 속에서도 어떤 동물이든 눈앞으로 불러낼 수 있었다지요. 쓰기도 꼭 이와 같아서, 무엇이든 이름 붙이고 내려앉히는 즉시 우리 앞에 나타나지 않습니까. 박 상이 모리나가 유우코 씨를 쓰면 모리나가 유우코 씨가 나타나고, 박 상이 용지 호수를 쓰면 용지 호수가 나타나고, 박 상이 금붕어를 쓰면 금붕어들이 나타나는 것과 같이. 그렇다면 물이 되비추고, 노래가 꾀어내고, 시가 흉내 내는 까닭도 크게 다르지 않겠습니다. 모든 몸은 형성되고 해체되며 오직 짧은 시간만을 머무르는즉, 그물이나 올가미 따위의 도움 없이는 일분일초도 한자리에 붙잡아 둘 수 없기 때문입니다. 모리나가 유우코 씨가 가레산스이(枯山水) 밖으로 외출하는 일을 단속하지 않았더라면, 박 상은 얼마 후 시인이 아니라 사냥꾼이 되었을지도 모르겠습니다. 그러나 지금 박 상은 죽은 짐승과 씨름하며 사냥용 납탄의 박탈륜을 찾아 헤매는 대신 표상과 기호가 하나의 문장 안에서 어떻게 힘을 교환하는지 살피고 있습니다. 말하자면, 종이의 여백을 떨며 가로지르는 횡선의 필적에서 기억을 읽어내려는 것이지요.
ああ… そうか, 이렇게 마침내 박 상이 물을 되비추다.

박 상, 물은 부딪힙니다. 박 상은 임포 인근에 아주 오래된 암자가 하나 있다는 사실을 알고 있나요? 무이산 중턱의 기암절벽 밑기둥을 따라 자리잡은 이 명승지에서는 한려수도가 두루 내려다보여서, 항구의 방파제와 섬 경계를 두드리고 부서지는 물결들을 언제까지고 헤아릴 수 있습니다. 암자 뒤편에는 보살상이 하나 있는데, 참선과 구도의 지혜를 600권의 총서로 집대성한 오대산의 성사 문수(文殊)를 기념하여 저절로 빚어졌다고 합니다. 그러나 전질의 규모가 무색하게도, 반야경은 만물에 실체가 없다는 선언들로 점철되어 있습니다. 물은 끊임없이 형상을 무너뜨리고 물성을 여의려는 움직임인즉, 중생들에게 내보이기 좋은 한 가지 사례가 되지요. 보살상은 석벽 사이의 좁은 틈새로 시종일관 수평선을 건너다보고 있는데, 제 몸을 하얗게 깨뜨려 가면서까지 남해안 일대의 불공에 합류하려는 저 파도들을 말없이 맞아들이는 까닭이겠습니다. 하나의 물방울이 기도하는 손처럼 삼각형으로 결합되어 있다는 사실은 또 누가 알고 있나요? 곶과 만의 이름 없는 해식 동굴들이 오동나무 목탁처럼 매끄럽게 깎여 있다는 사실은요?

박 상, 이렇듯 부딪히지 않고 비워질 수는 없는 법입니다. 박 상, 나는 종종 생각합니다. 물에 잠깐 발이라도 담가 본 이들만이 물에 관해 한마디 덧붙일 자격을 얻는다고. 나는 거의 확신합니다. 어떤 까닭으로든 수변에서 물장구질 한번 해 본 적 없는 이들은 티끌만 한 진실만을 주워섬길 따름입니다. 그러나 물속에서 발버둥쳐 본 이들은 도리어 할 말을 다 잃곤 합니다. 폐를 물에 빠뜨리는 바람에 쌕쌕거리는 기식음만 내쉬거나, 아직까지 목이 물속에 잠겨 있다는 착각으로 연방 꼴록거릴 따름입니다. 무엇이 됐든 너무 잘 알면 거꾸로 모르는 체하고 싶어지는 마음을 박 상은 알고 있나요? 나는 아직도 민물 냄새를 맡기만 하면 구역질이 올라와 아무 말도 할 수가 없습니다. 나는 도랑이나 시냇가에 우글거리는 게와 벌레와 물고기를 바라볼 때마다 그것들이 작은 빨대 같은 주둥이로 얼마나 많은 익사체의 썩은 살을 뜯어먹었을지 상상해 보느라 속이 뒤집히곤 합니다. 물속에서 발버둥을 치면 오히려 더 빨리 가라앉게 된다는 사실을 박 상은 알고 있나요? 그렇다면 왜 박 상은 발버둥을 멈추지 않습니까? 부표처럼 자맥질하는 박 상, 차가운 호수 한복판에 빠져 몸부림치다. 심각한 저체온증으로 온몸을 달달 떨면서 안개 속에 소리치다. 저기요, 누구 없어요? 박 상에게 아무 주도권 없다. 물보라 점점 멎고, 환형의 파문 점점 작아지다. 호수는 박 상을 비우고 싶다. 호수는 박 상을 그만 가라앉혀버리고 싶다. 박 상이 물을 비워내려 하기 때문에. 박 상이 물을 영영 가라앉히려 하기 때문에. 그러나 이때, 멀리서 어느 사내아이 하나가 종이 뜰채를 들고 다가오다.

사내아이 박 상과 닮았지만 박 상 아니다. 사내아이 박 상을 샘내지만 박 상이 될 수 없다. 사내아이 매질당한 적 없어 허벅지 깨끗하다. 사내아이 모리나가 유우코 씨가 만들어 주는 우메보시 오니기리 달라고 졸랐지만 배초향 냄새만 실컷 맡았을 뿐이다. 박 상, 마지막으로 머리를 내밀고 있는 힘껏 소리치다. 제발, 나 좀 살려 줘! 사내아이 물가에 앉아 골똘히 놀이에 열중하다. 긴교스쿠이! 그러나 어디에도 금붕어 없어 뜰채로 길어 올리는 것 박 상의 머리뿐이다. 사내아이 해캄처럼 얼굴에 들러붙은 박 상의 머리카락 쓸어넘기고 넓은 이마 두드리며 중얼거리다. 죽지 마라. 너는 네 것이 아니잖아. 박 상, 종이 뜰채에서 잠방거리는 다른 머리들 헤아려 보다가 까무룩 잠들다. *なるほど*, 박 상과 박 상이 부딪히다. 아니, 박 상이 박 상을 비워낸다고 해야 할까? 좌우간 다도 반복.

박 상, 물은 흐릅니다. 물은 반드시 흘러야만 하고, 흐르지 않는다면 물이 아닙니다. 시간이 그렇듯. 쓰기가 그렇듯. 오늘날 우리는 좌횡서의 규칙을 따라 왼쪽으로 오른쪽으로 문장이 흐르게 합니다. 그러나 불과 20년 전까지만 해도 우종서가 혼용되었고, 다시 수백 년을 거슬러 올라가자면 횡서는 글자를 익힐 때나 사용되었던 낱개의 박스에 지나지 않았습니다. 쓰기 방향은 문서의 형식과 독법을 규정할 뿐 아니라 목적 탐색의 경로 자체를 지배합니다. 예컨대 왼쪽에서 오른쪽으로, 또 오른쪽에서 왼쪽으로 전개되는 문장은 아직 밝혀지지 않은 미상의 이미지들을 향해 무한히 열려 있지만, 위에서 아래로 하강하는 문장은 위치에 따라 각기 다른 서열을 매깁니다. 우종서의 성분들은 다음 자리에 부과될 품사를 즉각적으로 평가하며, 그렇기에 중요한 정보가 앞머리에 집중되어 있는 역피라미드형 비례를 따릅니다.

(이렇게 인간의 혀도 물처럼 크게는 두 개의 물결을 타는 셈입니다.)

그리하여 베다와 성경, 쿠란, 반야경 역시 처음에는 우종서로 집필되었습니다. 이들은 한 종교의 경전이자 동시에 언어의 바른 쓰임새를 지도하는 모범 교본으로서, 문법과 낱말의 오염을 신성 모독만큼이나 중대한 죄악으로 다스려 왔습니다. 이미지들은 오랏줄 같은 수직의 글줄에 얽매여 정해진 자리에서 벗어날 수 없었고, 이 구속은 인간들에게도 똑같이 적용되었습니다. 우리보다 앞서 살았던 수없이 많은 생명들이 태어나면서 주어진 범위 바깥으로 한 발자국도 내딛지 못한 채 얌전히 죽어 묻혔다는 사실을 떠올릴 때마다 박 상은 몸서리를 칩니다. 모리나가 유우코 씨가 일찍 사망하지 않았더라면, 박 상도 언제까지나 유우코 씨의 가레산스이에 갇혀 죽음을 기다렸을 것 아닌가요? 그런데 박 상, 박 상은 그런 사실에 안도하기는 커녕 겨우겨우 빠져 나온 고향 땅의 사유지로 돌아가기를 원하나요? 무엇이 기다리기에, 무엇을 두고 왔기에?

박 상, 물은 반드시 흐르고, 한번 흘러간 것들은 되돌아오지 않는 법입니다. 그런 사실을 알면서도 박 상은 유우코 씨의 정원으로 돌아가고 있습니다. 박 상이 내민 이 시집 자체가 이미 국판 30절 판형으로 가위질된 10.36제곱센티미터 면적의 종이 정원입니다. 박 상은 내게 긴교스쿠이를 가르쳐 주려고 하지만, 우리가 여기서 길어 올리는 놀잇감은 오직 매 맞는 아이들의 얼굴뿐입니다. 그렇다면 다시 한 번; 우리가 물가에서 긴교스쿠이를 하는 걸까요, 아니면 물이 우리 주위에서 코도모스쿠이(子供掬い)를 하는 걸까요? 박 상, 답변을 유예하다. 박 상, 젊음뿐 아니라 금붕어도 죄 탕진하다. 박 상, 언제까지나 긴교스쿠이하며 젊음을 탕진할 수는 없습니다. (*박 상, 부디 이 정원에서 긴교스쿠이만 하며 젊음 떠나보내기를 부탁합니다.*) 박 상, 시 쓰기와 긴교스쿠이는 어떻게 다릅니까? 시가 긴교스쿠이를 하고 긴교스쿠이가 시를 한다. 물보라가 매질을 하고 매질이 물보라를 한다. 종이 뜰채가 무거워질 때까지 물보라 반복.

박 상, 이런 놀이는 이제 지겹고 재미 없어. 박 상, 그만 다른 놀이를 하자. 무슨 놀이? 술래잡기 놀이. 박 상인데, 박 상이 아니고, 박 상이 될 수 없고, 박 상과 어울려 논

적 없고, 박 상을 대신해 회초리질을 받아낼 수 없고(오히려 박 상이 박 상의 박 상을 대신해 매를 맞았더랬지), 박 상의 우메보시 오니기리를 한입 빼앗아 먹을 수 없고, 박 상과 긴교스쿠이를 할 수 없는, 박 상의 박 상, 박 상과 관련 없는 박 상, 박 상이 잊어버린 박 상, 박 상의 파편, 박 상의 거울, 뒤집힌 박 상을 찾는 놀이. 저기 내린천을 따라 흘러가는 것은 물일까, 박 상일까.

박 상이 물을 흐르고 물이 박 상을 흐른다.

さようなら, 재배 반복.

추천의 글

채호기(시인)

"물보라"는 시 쓰기의 신경세포 같은 것이다. 시가 살아 있는 생명체로서 단어들을 구성하고 조직하듯이, 물은 살아 있는 생명체로서 물방울을 "해산"하고 "집합"한다. 관찰자인 시인의 관점에서 시와 물은 환유이지만, 그들은 각기 다른 세포들로 구성된 자족적으로 지속하는 생명체다. 시인(혹은 물보라)이 시에 "주도권이 없"듯이 시(혹은 물보라) 또한 시인에게 "주도권이 없다." "나는 내게(만) 주도권이 있다." 살아 있는 것은 자기 작동의 산물이 자기 고유의 조직이 되고 자기 관찰을 통해 자기 변화의 방향을 스스로 선택한다. 그러나 외부와의 상호작용이 변화의 요인이기도 하다. 다만 외부적 요인이 직접 입력되는 게 아니라 외적 요인이 내적 상호작용에 일정한 영향을 미쳐 자기 관찰의 정향이 달라지면서 변화한다. 외부의 환경은 각자의 내적 "발버둥질"을 거쳐야만 비로소 삶을 변화시킬 수 있는 것이다. 당연하게도 시의 언어는 정보 소통이 아니라, 각자의 독립적인 살아 냄이 교차하는 공통 교감이다. 시는 언어 행동이다. 시인이 시의 자율적 신경세포를 침범하는 순간, 그 시의 신경세포는 파괴되고, 시는 죽고 말 것이다. 변화하고 정향하기 위해서는 시든 시인이든, 특히 시인은 관찰자로서, 쓰는 자로서, 시인의 자기 관찰(부록 파트의 "거울"은 이 자기 관찰의 경험적 실체다.)을 통한 변화와 정향, 즉 "생각"보다 살아 냄이 실행되어야 한다. 그 고투의 기록이 이 시집이다. 우리 독자들이 맞닥뜨리고, 우리 내부를 자기 관찰하게 하여, 우리들 각자를 형질 전환하는 이 시집은 그래서 눈물겹다.

지은이 박지일
2020년《경향신문》신춘문예 시 부문에 당선되며 작품 활동을 시작했다. 시집『립싱크 하이웨이』가 있다.

물보라

1판 1쇄 찍음 2024년 11월 1일
1판 1쇄 펴냄 2024년 11월 15일

지은이 박지일
발행인 박근섭, 박상준
펴낸곳 (주)민음사

출판등록 1966. 5. 19. (제16-490호)
서울특별시 강남구 도산대로1길 62(신사동)
강남출판문화센터 5층 (06027)
대표전화 02-515-2000/ 팩시밀리 02-515-2007
www.minumsa.com

ISBN 978-89-374-0946-2 (04810)
978-89-374-0802-1 (세트)

민음의 시

민음의 시
목록

083 미리 이별을 노래하다 차창룡
084 불안하다, 서 있는 것들 박용재
085 성찰 전대호
086 삼류 극장에서의 한때 배용제
087 정동진역 김영남
088 벼락무늬 이상희
089 오전 10시에 배달되는 햇살 원희석
090 나만의 것 정은숙
091 그로테스크 최승호
092 나나 이야기 정한용
093 지금 어디에 계십니까 백주은
094 지도에 없는 섬 하나를 안다 임영조
095 말라죽은 앵두나무 아래 잠자는 저 여자 김언희
096 흰 책 정끝별
097 늦게 온 소포 고두현
098 내가 만난 사람은 모두 아름다웠다 이기철
099 빗자루를 타고 달리는 웃음 김승희
100 얼음수도원 고진하
101 그날 말이 돌아오지 않는다 김경후
102 오라, 거짓 사랑아 문정희
103 붉은 담장의 커브 이수명
104 내 청춘의 격렬비열도엔 아직도 음악 같은 눈이 내리지 박정대
105 제비꽃 여인숙 이정록
106 아담, 다른 얼굴 조원규
107 노을의 집 배문성
108 공놀이하는 달마 최동호
109 인생 이승훈
110 내 졸음에도 사랑은 떠도느냐 정철훈
111 내 잠 속의 모래산 이장욱
112 별의 집 백미혜
113 나는 푸른 트럭을 탔다 박찬일
114 사람은 사랑한 만큼 산다 박용재
115 사랑은 야채 같은 것 성미정
116 어머니가 촛불로 밥을 지으신다 정재학
117 나는 걷는다 물먹은 대지 위를 원재길
118 질 나쁜 연애 문혜진
119 양귀비꽃 머리에 꽂고 문정희
120 해질녘에 아픈 사람 신현림
121 Love Adagio 박상순
122 오래 말하는 사이 신달자
123 하늘이 담긴 손 김영래
124 가장 따뜻한 책 이기철
125 뜻밖의 대답 김언희
126 삼천갑자 복사빛 정끝별
127 나는 정말 아주 다르다 이만식
128 시간의 쪽배 오세영
129 간결한 배치 신해욱
130 수탉 고진하
131 빛들의 피곤이 밤을 끌어당긴다 김소연
132 칸트의 동물원 이근화
133 아침 산책 박이문
134 인디오 여인 곽효환
135 모자나무 박찬일
136 녹슨 방 송종규
137 바다로 가득 찬 책 강기원
138 아버지의 도장 김재혁
139 4월아, 미안하다 심언주
140 공중 묘지 성윤석
141 그 얼굴에 입술을 대다 권혁웅
142 열애 신달자
143 길에서 만난 나무늘보 김민
144 검은 표범 여인 문혜진
145 여왕코끼리의 힘 조명
146 광대 소녀의 거꾸로 도는 지구 정재학
147 슬픈 갈릴레이의 마을 정채원
148 습관성 겨울 장승리
149 나쁜 소년이 서 있다 허연
150 앨리스네 집 황성희
151 스윙 여태천
152 호텔 타셀의 돼지들 오은
153 아주 붉은 현기증 천수호
154 침대를 타고 달렸어 신현림
155 소설을 쓰자 김언
156 달의 아가미 김두안
157 우주전쟁 중에 첫사랑 서동욱
158 시소의 감정 김지녀
159 오페라 미용실 윤석정
160 시차의 눈을 달랜다 김경주
161 몽해항로 장석주
162 은하가 은하를 관통하는 밤 강기원
163 마계 윤의섭
164 벼랑 위의 사랑 차창룡
165 언니에게 이영주
166 소년 파르티잔 행동 지침 서효인
167 조용한 회화 가족 No. 1 조민
168 다산의 처녀 문정희

169 **타인의 의미** 김행숙
170 **귀 없는 토끼에 관한 소수 의견** 김성대
171 **고요로의 초대** 조정권
172 **애초의 당신** 김요일
173 **가벼운 마음의 소유자들** 유형진
174 **종이** 신달자
175 **명왕성 되다** 이재훈
176 **유령들** 정한용
177 **파묻힌 얼굴** 오정국
178 **키키** 김산
179 **백 년 동안의 세계대전** 서효인
180 **나무, 나의 모국어** 이기철
181 **밤의 분명한 사실들** 진수미
182 **사과 사이사이 새** 최문자
183 **애인** 이응준
184 **얘들아, 모든 이름을 사랑해** 김경인
185 **마른하늘에서 치는 박수 소리** 오세영
186 **ㄹ** 성기완
187 **모조 숲** 이민하
188 **침묵의 푸른 이랑** 이태수
189 **구관조 씻기기** 황인찬
190 **구두코** 조혜은
191 **저렇게 오렌지는 익어 가고** 여태천
192 **이 집에서 슬픔은 안 된다** 김상혁
193 **입술의 문자** 한세정
194 **박카스 만세** 박강
195 **나는 나와 어울리지 않는다** 박판식
196 **딴생각** 김재혁
197 **4를 지키려는 노력** 황성희
198 **.zip** 송기영
199 **절반의 침묵** 박은율
200 **양파 공동체** 손미
201 **온몸으로 밀고 나가는 것이다**
서동욱·김행숙 엮음
202 **암흑향暗黑鄕** 조연호
203 **살 흐르다** 신달자
204 **6** 성동혁
205 **응** 문정희
206 **모스크바예술극장의 기립 박수** 기혁
207 **기차는 꽃그늘에 주저앉아** 김명인
208 **백 리를 기다리는 말** 박해람
209 **묵시록** 윤의섭
210 **비는 염소를 몰고 올 수 있을까** 심언주
211 **힐베르트 고양이 제로** 함기석
212 **결코 안녕인 세계** 주영중
213 **공중을 들어 올리는 하나의 방식** 송종규
214 **희지의 세계** 황인찬
215 **달의 뒷면을 보다** 고두현
216 **온갖 것들의 낮** 유계영
217 **지중해의 피** 강기원
218 **일요일과 나쁜 날씨** 장석주
219 **세상의 모든 최대화** 황유원
220 **몇 명의 내가 있는 액자 하나** 여정
221 **어느 누구의 모든 동생** 서윤후
222 **백치의 산수** 강정
223 **곡면의 힘** 서동욱
224 **나의 다른 이름들** 조용미
225 **벌레 신화** 이재훈
226 **빛이 아닌 결론을 찢는** 안미린
227 **북촌** 신달자
228 **감은 눈이 내 얼굴을** 안태운
229 **눈먼 자의 동쪽** 오정국
230 **혜성의 냄새** 문혜진
231 **파도의 새로운 양상** 김미령
232 **흰 글씨로 쓰는 것** 김준현
233 **내가 훔친 기적** 강지혜
234 **흰 꽃 만지는 시간** 이기철
235 **북양항로** 오세영
236 **구멍만 남은 도넛** 조민
237 **반지하 앨리스** 신현림
238 **나는 벽에 붙어 잤다** 최지인
239 **표류하는 흑발** 김이듬
240 **탐험과 소년과 계절의 서** 안웅선
241 **소리 책력冊曆** 김정환
242 **책기둥** 문보영
243 **황홀** 허형만
244 **조이와의 키스** 배수연
245 **작가의 사랑** 문정희
246 **정원사를 바로 아세요** 정지우
247 **사람은 모두 울고 난 얼굴** 이상협
248 **내가 사랑하는 나의 새 인간** 김복희
249 **로라와 로라** 심지아
250 **타이피스트** 김이강
251 **목화, 어두운 마음의 깊이** 이응준
252 **백야의 소문으로 영원히** 양안다
253 **캣콜링** 이소호
254 **60조각의 비가** 이선영
255 **우리가 훔친 것들이 만발한다** 최문자